みぃちゃんを見守るクロちゃんも、
お年寄りを助けるフクちゃんも、
猫の天使。

目次

おじいちゃんが死んだら、おばあちゃんがイタコになった。あの世もつらいらしい。

翼の生えた犬と猫。私たち、大日如来さんのお使い。

言霊の家

おじいちゃんが死んだら、
おばあちゃんがイタコになった。
あの世もつらいらしい。

おじいちゃんが死んだ

　令和改元になぜか浮かれる新宿歌舞伎町にあるが改元には何の関心もないトモコの店で飲み明かした私が五月のさわやかな明け方に家に戻ると、おじいちゃんは右手を上に伸ばしたうつ伏せで畳に倒れ、傍らにはケージから飛び出したらしい柴犬のクウが寄り添っていた。ちょっと冷たいクウの視線に酔いと眠気を忘れた私は、おじいちゃんを揺り起こそうとした。ダメだ。もう硬くなってる。えぇっと、救急車。

「あの、おじいちゃんが死んでます」

「どんな状態ですか？」

「倒れて、硬くなってます」

「ともかく心臓マッサージをしてみてください」

「あぁ、やってみます」

三回やって、やめた。だって、硬くなってるし。十分もかからずに救急車は来た。酔いと眠気が戻ってぼうっとおじいちゃんを見ていた私は、近づくサイレンの音に「明け方で道も空いてたんだな」と思った。

　私が小学一年の時に離婚した両親に代わって、父方の祖父母に私は育てられた。大学を出てから教員にはなりたくなくて教授たちの手伝い程度の「ディレッタント」的な研究者として気ままな暮らしを楽しんでいたが、おばあちゃんが八年前に倒れて施設に入り、「あぁ、もう死ぬ（by おじいちゃん）」「一回、本当に死んでみろ（by 私）」と言い合いながら三ヶ月に一回のペースで救急車に来てもらうおじいちゃんと私の二人暮らしが続いていた。

そうだ、お父さんに連絡。

「あのね、おじいちゃんが死んじゃった。ワタシが見つけた時にはもう硬くなってたの。」

ワタシ、ここのところ忙しくて久しぶりにトモコたちと会って…」

「そんなことはどうでもいい。あんたはやるだけのことをやってくれたんだ。今は、お父さんはどうしたらいいんだ？「ええっと、病院で死亡は確認されたんだけど、誰もいない時に死んでたから、不審死ってことで警察に行くみたい。とりあえず家に来て」

「わかった、だけど三時間くらいかかるぞ」

「うん。待ってる」

社員三十人程度の広告会社を経営していた父は銀座に入り浸り、母が家を出ると自分もあるクラブのオーナーママと暮らし始め、やがて会社をつぶして今は千葉の田舎に引きこんで売れない物書きみたいなことをしている。

おじいちゃんがまじめなサラリーマン生活の中で建てた東京下町の小さな家は、もう四十年以上が過ぎているが死者が出るのは始めてだ。私は、おじいちゃんが倒れていた場所の掃除を徹底的にした。

父が到着した時には、おじいちゃんの弟にも連絡して家に来てもらっていた。

「いやぁご無沙汰してます。こんなことがないとなかなかご挨拶もできず、すみません」

こんなことが、しょっちゅうあってたまるか。

「まあ、兄貴ももう九十二歳だからねぇ。思い残すこともないだろう。あとはシゲちゃんたちが元気でやってくれればいいよ」

「元気で何をするかが問題ですね」

何ができるかだろう。それより、さっきまでそこに死体が伸びていた所で能天気に大笑いしてるんじゃないって。

指定された時間に皆で警察に行き、地下の霊安室でお線香を上げておじいちゃんに手を合わせると、検視官が簡単に説明した。

「外部から侵入した形跡はありませんし、多少の傷はありますが死亡の原因になるものではありません。最終結果はもう少し時間がかかりますが、現時点では病死と考えています」

警察を出たその足で、皆でおばあちゃんの施設に行った。八年前に脳梗塞で倒れ、今は軽度の認知症と診断されているおばあちゃんは、自分たちの娯楽室から面会コーナーまで車いすを押してもらって皆の顔を見ると上機嫌だった。おじいちゃんの死をどう伝えるか？　耳の遠いおばあちゃんに口元を見せないように、父が言った。

「何も言わなくていいよ」

帰りの車の中で、父はもう一度言った。

「あの状況でおばあちゃんはまぁハッピーなんだから、何も言わなくていい。それに、おばあちゃんもあと数ヶ月くらいしかもたないよ」

面会コーナーで向かい合った一人ひとりの顔に笑って頷いていたおばあちゃんは、おじいちゃんが一緒に来ていないことに対して何も言わなかった。

その晩、歌舞伎町のバーのオーナーでマンガ家で私と同じ「ディレッタント」的な研究者のトモコら友人たちが家に来て、おじいちゃんが死んでいた部屋で朝まで一緒に「献杯」を続けてくれた。私たちは何代か前の世でも都の宮廷で仲良しだったと言われている仲間だ。

翌朝、自分も犬を飼っているという警察の検視官が酒の匂いの残る我が家に来て、「お前がおじいちゃんを看取ったのか」と言いながらクウの写真を撮り、手のサイズを測った。

おじいちゃんの背中に何本ものひっかき傷があり、倒れたおじいちゃんを引き起こそうと、クウが背中を掻いたものと思われた。

クウの先住犬で当時はまだ元気だったおじいちゃんといつも一緒に散歩をしていたチェリーは、おじいちゃんが最初にクモ膜下出血で倒れた日に、同じクモ膜下出血で倒れた。そしてチェリーは死んでおじいちゃんは助かったことから、いつも「チェリーはいい子だった」と聞かされていたクウは、「自分は身代わりにはならないけれど、せめて救助の努力はしよう」と考えたに違いない。三・一一の原発事故で避難したブリーダーに置き去りにされた母親が自分の命と引き換えで生んだクウは、簡単に死ぬわけにはいかないのだ。


家族の葬儀を出した経験のある幼馴染が葬儀社を紹介してくれ、住まいの離れた父ではなく私が喪主を務めることにした。ただ、火葬場と菩提寺のスケジュール調整ができない。

「斎場もお寺さんも混んでいて申し訳ありません。令和への改元を機に亡くなる方が多いようでして」

別に責任を追及されたわけでもない葬儀社の担当者は本当に済まなそうな顔つきで、警察から戻ったおじいちゃんの遺体を葬儀社の霊安室で預かってくれることになった。

通夜・告別式まで一週間が空いた間に、親戚とおじいちゃんの知り合いへの連絡を済ませた。ただ、九十二歳のおじいちゃんの知り合いの多くは既に先立っていて、盛大に会葬いただくことはなさそうだ。

それでも、知らせを聞いた老人クラブのガールフレンドたちが三々五々と訪れて「おじいちゃんはオシャレだったから、格好よく送ってやってね」などと注文を出すものだから、私は一番派手な死化粧を頼み、おじいちゃんの外出着をみんな棺に詰め込んだ。

そんなある夜、私の夢におじいちゃんが出てきた。

「あら、そっちはどうよ？」

「まあまあだな」

誰かと話をする時によく握手をするクセのあったおじいちゃんが出した手に、私は思わず手を隠した。おじいちゃんは苦笑をして消えていった。

実は、おじいちゃんが死ぬ三日前に私の母方の祖父も亡くなっていた。危篤の連絡を受けた私が祖父の家に着くと、意識不明だった祖父が目を開けた。

「さっちゃんの負担になるものは、この爺さんがみんな持っていくから」

うちのおじいちゃんが死んだ時に右手を伸ばしていたのは、母方の祖父と握手をした右手をつかまれて引っ張って行かれたのか？

やはり火葬場と菩提寺の都合が合わずになかなか葬儀が出せなかった母方の祖父はその後、私の母と叔母が姉妹で食事をしている時に半透明の姿で食卓の横に立ったという。

ほぼ準備が整い葬儀を待つだけとなった日、おじいちゃんの弟と一緒に再びおばあちゃんの施設に行くと、車いすを面会コーナーまで押してもらって現れたおばあちゃんの顔は黒ずんで艶も消え、はずまぬ会話の声もか細くかすれていた。

「近々イベントが続くらしいな」

おじいちゃんの弟は独り言のようにつぶやいた。


あい着の礼服ではやや暑い五月半ば過ぎのお通夜では、導師を務めてくれた菩提寺である浄土真宗の寺の住職が、おとぎの席に同席してくれた。

おじいちゃんの弟は、少しのビールでほほを染めて住職に訊ねた。

「浄土真宗門徒は『もの知らず』と言われるそうですね」

住職は視線を一度伏せた。

「それは、少し悪意のある言い換えかも知れませんね。昔から『門徒物忌み知らず』とは言われていますが。

『物忌み』というのは災厄、霊鬼から身を守るための平安時代からの陰陽道の行いで、多くは死や死者をケガレと見る考え方から来ています。

しかし浄土真宗では亡くなられた方を仏さまと仰ぎ、その死をケガレとは考えません。ですから浄土真宗のご門徒の方々は『物忌み』を必要のないものとしてきました。そのため浄土真宗以外の方々から『門徒物忌み知らず』と呼ばれるようになったのです。

『物忌み』の行為は現在の葬儀にも見られます。例えば棺の中にお金を入れることがあります。昔、三途の川の渡し賃として六文銭を棺に入れていたなごりですが、片道分の六文銭を入れるのは『渡ったら帰ってくるな』という発想から来ています。

また出棺の際に棺の蓋に石で釘を打つ『釘打ちの儀式』は、『石には霊を封じ込める力がある』として、死のケガレを石の力によって棺の中に封じ込めてしまおうとするものです。『もう出てきてはいけませんよ』と棺の蓋を固定するのです。

そして、棺を霊柩車に乗せる前にグルグルと三回ぐらい回してから乗せる地方もあります。これは棺を回すことによって死者の目を回し、今まで住んでいた家を忘れさせるのです。これも『もう帰ってきてはいけませんよ』いう意味です。

ほかにも火葬場への道を行きと帰りで変えるのは、『同じ道を帰ると死者がついてくる』から家までの道を覚えさせないためです。故人を偲ぶはずのお葬式で邪魔者扱いですよね。

最後には、葬儀から帰ると家に入る前に塩を身体にかけるという物忌みがあります。塩にはケガレを落とす力があり、葬儀や火葬場に行くと死のケガレがつくので塩を使ってケガレを落としてから入るということです。

浄土真宗のご門徒の方々は、こうした『物忌み』が親鸞聖人がお示しになられたお念仏の教えと異なり、亡くなった方を偲び寄り添う思いを遂げるものとも違う、必要のないことと考えてきたのです」

黙って聞いていた父が訊ねた。

「真宗では、幽霊はないものとしているんですよね」

住職は即答した。

「いや、必ずしも『ない』とは言っていません。ただそうしたよくわからないものに惑わされずに、しっかり現実を見つめて心穏やかに日々の暮らしを送ろうということです」

おとぎが進み住職や会葬いただいた方々を送り出した後、葬儀社を紹介してくれて通夜の受付もしてくれた幼馴染の同級生たちと私は、焼肉を食べに行った。彼らは小学生のころ、おじいちゃんに怒られながら宿題を教わり、おばあちゃんのつくる夕食を食べるという、東京下町の子供たちの原風景を体感していた。

おばあちゃんがイタコになった

通夜の後の焼き肉で帰ればよかったが幼馴染と会うのも久しぶりだったので、みんなでカラオケに流れてしまった。それが効いて、告別式の読経はちょうどいい子守唄になった。するとと耳元でおばあちゃんの声がした。

「まったく、もう」

施設にいて今日の告別式のことも知らせていないおばあちゃんには、住職のすぐ後ろで熟睡する私の態度が、おじいちゃんの死以上に嘆かわしいらしい。

だけど私は、会葬くださった方々への喪主挨拶はちゃんとした。それは、まじめなサラリーマン人生から退職後の地域の方々との付き合い、そしてチェリーやクウと過ごした晩年までおじいちゃんの生きざま全体を述べ、五月の晴れやかな空を見たらおじいちゃんを思い出してほしいなんて、父がメール添付してきた挨拶文のほとんどを削除して、必要最小限の事務的な挨拶にしたものだった。

会葬くださった皆様の野辺送りを受けて霊柩車の助手席に乗り込んだ途端に、ドライバーに私は聞いた。

「これって喫煙車ですか？」

「いえ。ご葬儀の間ずっと車の中でお待ちしているんで、僕も吸いたいんですけどね」

おじいちゃんがお骨になるまでの間、幼馴染の同級生たちと私は火葬場の喫煙室を占拠し、眠気覚ましを立て続けに吸った。

お骨を拾う準備ができて釜の前に行くと、「令和改元を機に亡くなる方が多い」と葬儀社の担当者が言っていたように立て混んだ隣の釜で、「行っちゃイヤ」と泣いている人がいる。

父が首をひねった。

「うちの葬儀の明るさは、少し反省すべきかなぁ」

その父は、初七日法要と精進落としの会場に戻るためお骨を抱いて車を降りる時、うっかりお骨の箱を落としそうになって風呂敷の端をつまみ、中で骨壺がカラカラと転がる様子に、「セーフでした。いやぁ危なかった」と笑った。

おじいちゃんのお葬式が一段落すると、おばあちゃんは一週間前とは別人のように元気になった。私の夢に度々出てきて何かと文句を言う。

「お前の父さんの着てる汚いシャツはなんだ。新しいのを買ってやれ」

葬儀の準備などで東京に来る時、父はジーパンにアースカラーのワークシャツ姿だ。その同じ格好で家に来た翌日、一緒に施設に行くとおばあちゃんは私に向かって言う。

「夕べもあんなに言っただろう。新しいシャツを買ってやれって」

父のファッションの好みで、なんで私が文句を言われなきゃならないんだ。施設を出た足で私は、父をユニクロに連れて行って白いワイシャツを押し付けた。

おじいちゃんは葬儀の前の一度限り、私の夢に出てこない。

実はその後、夜中の二時に玄関のチャイムが鳴ったことがあり、私は反射的に布団から飛び起きて台所から右手いっぱいの塩を握ると、ガラッと戸を開けて誰もいない玄関前に投げつけ、ピシャっと戸を閉めてやっていた。

そのことを、おじいちゃんは「サッチは思っていた以上に冷たい」とおばあちゃんにこぼしたらしい。

私たちの言葉ではおじいちゃんが死んだことを伝えていないおばあちゃんが、そんなおじいちゃんに大笑いする様子に、「おばあちゃんもあと数ヶ月くらいしかもたない」と言った父は苦笑いしていた。

「一緒に行こう」と言うおじいちゃんに、おばあちゃんは「私は行かない」ときっぱりと断ったと言う。

そんな時、おばあちゃんが言ったことが私と父は気になった。

「おじいちゃんは子供たちから逃げ回っているんだよ．よその子じゃないのにね」

父は、おばあちゃんの言葉にお思い当たることがあると言う。父が小学校一年と四年の二度、ひいおばあちゃんが家に来て、一緒におばあちゃんを病院に連れて行ったという。父は子供心に、「妹たちの命が絶たれた」と思ったらしい。

私は、おじいちゃんが寝ている時に泣いて誰かに謝っているのを聞いた。そしておじいちゃんとおばあちゃんが厄除け大師と言われる寺に行って間もなく、おばあちゃんは脳梗塞で倒れた。

東京が梅雨空に覆われるころ、東京の有名な寺の娘で、研究者の友人のシホちゃんが、おばあちゃんの言葉が気になるだけの私に連絡してきた。

「あなたの家の庭にお地蔵さんがいるでしょ。なんかピョンピョン飛び上がっているよ」

下町の小さな家に申し訳程度に開いた庭で、施設に入る前のおばあちゃんは小さなお地蔵さんにお水を上げていた。しかしその庭はおばあちゃんが倒れてからの八年間、誰も手入れもしない荒れ放題だ。私はすぐに父に伝えた。あんな庭に私は下りない。

飛んできた父が庭に出ると、目の前の植木棚に猪の置物と並んだお地蔵さんがいる。八年も放置されたのに苔も付かず、あぶちゃんの色も褪せていない。これをどうしたものか？

「京都の老師に相談したら」

シホちゃんが言う。私は小学校に上がる前から書道を習って、女人禁制の高野山奥の院で習字関連のお勤めをすることもある。そんなことから、京都の有名な寺院のいくつかから「嫁に来ないか」と言われたりもして、お坊様の知り合いが多い。「老師」は、京都の有名な寺の住職だ。

「そうなの。じゃあ持っておいで。ただそのお地蔵さんとは別に空洞のお地蔵さんが要るよ。底に穴を開けてね」

私は、陶芸家に注文して底に穴の開いた空洞のお地蔵さんをつくった。その間に、また父が家に飛んできた。生まれなかった妹たちが夢に出たという。

「『ワタシの友達の猪を置いてきたでしょ』ってツバキが言うんだ。キキョウは『ワタシのお猿さんも』って。猪は確かに庭の植木棚に残してきたけど、猿ってどこだ？　赤いちゃんちゃんこを着てる猿」

父は勝手に妹たちをキキョウとツバキと名付けていた。ツバキは最初はツグミとしたのだが、その名を本人が気に入らなかったらしい。命名拒否の理由を、笑いながら父はおばあちゃんに聞いた。

「あんな汚い大きな鳥の名はイヤだって。あんたは笑っているけど、私は笑えないよ」

気軽にいい加減な名前を私の娘につけるなって、おばあちゃんと娘たちは共闘し始めていた。キキョウが言った赤いちゃんちゃんこを着てる猿は、私のサイフに付けた日枝神社のお守りだ。なんでキキョウが「ワタシの」にしてるんだ？

仕方ないから赤坂の日枝山王神社でもうひとつ猿のお守りをいただき、お地蔵さんと一緒に庭にいた猪と空洞のお地蔵さんを連れて、私は京都の老師の寺に行った。

老師は空洞のお地蔵さんを仰向けに寝かせて底の穴を手前に向け、その穴に向かってお経を唱えるとピョコンとお地蔵さんを立たせた。

「ハイ、これで大丈夫」

お地蔵さんの頭をなでると、老師は夏至近くでまだ日の高い京都祇園のお茶屋に私たちを連れて行った。おじいちゃんの告別式の読経で熟睡した私の話を聞いた老師は言う。

「それは上手なお経だよ。浄土真宗は、生きている人の心を安らかにしようとしているんだ。だから眠れるお経はいいお経で、お経を聞いて眠れる人は幸せなんだ。

さっき私がお地蔵さんに上げたお経は、そういうお経じゃないんだよ。

私は寺の生まれだけれど、物心ついた時には高野山に預けられていてね。私が覚えているのは、小坊主でお使いに行った森の中で道に迷い、暗くなって泣いていたらお坊様が出てきてね、こっちの祠で眠りなさいって言うんだ。

その祠は暖かくて優しいいい気持ちだったよ。朝になってお坊様たちが見つけてくれたのは、弘法大師が入滅した祠の扉が開いていたからだったんだ。

そんなこともあって、私はまじめに修業をしたんだよ。だけど今のお寺から養子の誘いがあってね。だから私は様々なお経の、それぞれにいいところがわかるんだ」

東京に戻って浄土真宗の菩提寺にある我が家の墓に空洞のお地蔵さんを納め、私と父はおばあちゃんの施設に行った。自分たちの娯楽室から面会コーナーまで車いすを押してもらってきたおばあちゃんはすぐに言った。

「子供たちがワーイワーイ喜んでるよ。首を絞められて苦しかったのが解けたんだって」

これでハッピーエンドか？　おばあちゃんは父の顔を見つめた。

「おじいちゃんが、今晩あんたのところに行くって言ってるよ」

翌日、疲れ切った顔で父が来た。またおばあちゃんの施設に行こうと言う。

「おじいちゃん、夢に出て来たよ。子供たちと手をつないで。もう逃げ回っていないから、仲良くなったんだね」

「わからないよ。本心はそんなに簡単じゃないだろう」

父は天を仰いだ。

「なんだよ。あっちに行っても本音とタテマエがあるのか。恰好つけてどうするんだ。それにおじいちゃん、何か言ってるんだけれど、グチョグチョ言ってよくわからないし、こっちは一所懸命に聞こうとするから疲れるよ。それで、言いたいことは終わったのね」

恐山のイタコ状態のおばあちゃんは父の顔を見つめて初めに指を三本出し、もう一度顔を伺うようにして二本に変えた。

「はいはい、あと二晩来るのね。言いたいことは簡潔に頼みますよ」

地獄の釜の蓋が開いた

おじいちゃんのグチョグチョは、二晩ともグチョグチョで終わったらしい。その代わり、父の夢に侍が出てきて「勝之助である」と名乗ったという。

「誰だ、あれ？」

私と父はおじいちゃんの戸籍謄本を取った。そこには、おじいちゃんを生んで一年で結核を患って死んだ生母のトモさんと、おじいちゃんを育てるためにひい爺さんの後妻に直ったものの姉の結核が罹って一年で死んだトモさんの妹のハマさんの実家が書かれ、父の夢に出てきた「勝之助」さんはその家の父親の名前だった。

トモさんのお骨は我が家の墓に納められているが、ハマさんのお骨はない。私は小さいころ、おじいちゃんとおばあちゃんと一緒に茨城県石岡市にあるハマさんの実家の墓参りをしたことがある。

そこには墓がふたつあり、ハマさんは実家の墓に入らずに別に葬られたようだ。おじいちゃんはハマさんのお骨を預かりたかったが、土葬にされたようで無理だった。

父の夢に出てきたおじいちゃんのグチョグチョはこのことらしい。第二の母が自分を育ててくれようとして死に、自分たちは供養ができない。私と父は石岡に向かった。

梅雨空の下にも青々と生命感をたぎらせる若い瑞穂の波が、いかにも平将門が馬で駆け回りそうな低い丘陵が続く原野を彷彿とさせる時空を経て市役所に着き、戸籍謄本の古い住所から今の住居表示を確認すると、ハマさんの実家は荒れ果てた精神病院跡の隣だ。

父は、お墓の場所を聞こうと家の庭に入っていった。張り出し屋根の下に洗濯物が干しっ放しに下げられ、部屋のカーテンが中途半端に引かれている。閉じられた玄関から声をかけ、カーテンの隙間から部屋を覗いていた父は、五分もせずに戻ってきて車を出した。

「ダメだ。あの家には関われない。あの洗濯物は最近のものじゃない。今はあの家の人は誰もいないけれど、こちらからは見えないたくさんの誰かがこっちを見ている」

「あの家の人じゃない、こちらからは見えない誰かって、誰よ？」

私と父は同じ答えを考えていた。精神病院の鉄格子の窓から覗ける隣の家に、鉄格子を潜り抜けられるようになった誰かたちが、みんなで集まっている。

やがて父がガソリンスタンドに車を入れると、スタッフが首を傾げた。

「すごい手の跡ですね。拭いても落ちないから、ここだけ洗剤で洗いますか？」

ウソでしょ。それは車を降りなかった私が座る助手席の窓じゃないか。「拭いても落ちない」って、あんたたちは油手か？


東京に戻っておばあちゃんの施設に行くと、面会コーナーまで車いすを押してもらってきたおばあちゃんは、私と父の顔を見るなり言った。

「石岡に行ってきたろう。あの家の人も仕様がないね。洗濯物くらい入れてから行けばいいのに」

問題はそこじゃない。

東京の有名な寺の娘で私の研究者の友人のシホちゃんが連絡してきた。トモさんとハマさんの父親である勝之助さんが、一所懸命にひい爺さんに謝っているらしい。

ひい爺さんに嫁いでうちのおじいちゃんを生んでトモさんは死に、そのおじいちゃんを育てようとしてハマさんも死んだ。その二人の父親の勝之助さんが、ひい爺さんに謝らねばならない理由はない。

父は思い当たることがあると言う。

ひい爺さんは東京下町の句会の発起同人で舟月郷と号したが、ワビサビと粋で装った表面の内側は、筋を曲げない義侠心の人だったらしい。

舟月ひい爺さんの父親は房州千倉の郷士で戊辰戦争時の上野の山の彰義隊の生き残りだ。その始祖は戦国時代の南総里見家家臣団に名を連ね、里見家改易の後に地侍となっている。

そうした血を色濃く継いだ舟月ひい爺さんは、トモさんとハマさんに相次いで死なれて幼いおじいちゃんを抱えていた時、下町のヤクザの娘と知り合って後妻に迎えた。

そのヤクザの娘にはミチコという連れ子がいて、舟月ひい爺さんはミチコの父親になり、ミチコの母親はうちのおじいちゃんの母親にもなるという約束だった。

ところがミチコ親子は、互いの養子縁組も整わぬうちに舟月ひい爺さんと別れてしまった。「ケンちゃん、ごめんね」と泣きながら出ていく親子の後姿を、おじいちゃんは覚えていたそうだ。

そして舟月ひい爺さんはミチコ親子のことを後々までも気にかけ、「俺が死んだ後にもしミチコが訪ねてきたら、良くしてやってくれ」とおじいちゃんに言っていたらしい。

ヤクザの娘はおじいちゃんとの別れに泣き、舟月ひい爺さんはミチコのことを心配していた。それなのになぜ、親子は出て行ったのか？

トモさんとハマさんの父親である勝之助さんが舟月ひい爺さんに謝る理由が、そこにあるのではないか？

私と父はおばあちゃんに聞いた。

「ハマさんのこと、何かわからない？」

「私はハマさんを知らないけれど、あんたたちが石岡に行ったら白い着物の人が付いてきてるよ。だけど、こっちに入らないで入り口で寂しそうにしてるんだよ」

ハマさんは成仏していない。舟月ひい爺さんは善かれと思って空気のいい石岡にハマさんを返して養生させたが、戻された実家はハマさんに冷たく、死んだ後も家の墓には入れずに別に葬ってちゃんと供養もしていない。そして、舟月ひい爺さんに未練のあったハマさんは後から来たミチコ親子を追い出してしまった。

実家の家族がハマさんに優しくしてやれなかったこと、それもあってハマさんが成仏できずに舟月ひい爺さんが男気で迎え入れたヤクザの娘親子を脅したこと…。それが、家長として勝之助さんが舟月ひい爺さんに謝る理由だ。

私と父が菩提寺である浄土真宗の寺にハマさんの供養を頼むと、住職は目を伏せた。

「お骨もない、葬られた時の戒名もない状態で、ご供養の仕様がありませんね。おじいちゃんの一周忌など、ご法事の折々に他のご家族の仏様と一緒にご供養するということではいかがでしょうか。

それから、お墓にお地蔵様を置かれたそうですが、浄土真宗にはお地蔵様を祀るという方法はありません。でもそれは、もう置かれているものですから良いことにしましょう」

おじいちゃんの一周忌まで待てない。父は頷いた。

「よし。お墓にお地蔵さんを置いてもいいことになるんなら、もうひとつ置こう」

私は再び京都の老師に頼んだ。

「そうかい仕方ないね。じゃあ、穏便にやろうね」

陶芸家につくってもらった底に穴の開いた空洞のお地蔵さんの二個目に、老師はハマさんの霊を納めるお経を吹き込んだ。ハマさんは呼ばれるとすぐにやって来て、静かにお地蔵さんの中に納まったらしい。老師は一息つくと、暑さの中の祇園祭の準備の喧騒を遠くに聞くお茶屋に私たちを連れて行った。

「浄土真宗はね、生きている人には優しいんだけど、浮かばれない霊とかの面倒を見るのはちょっと難しいんだよ。

浄土真宗のお経で安心して成仏してくれればいいんだけれど、そうじゃない霊もある。浮かばれないまま残っている霊がいたら誰でも怖いから、そういう目に見えないものは見ないことにしよう。そういうものに気を取られないようにしよう、とお坊様が言えば、『修業をしたお坊様が言うんだから、見なくていいんだ』と人々は思うでしょ。

そういうやり方で浄土真宗は人の心に優しくしてきたんだ。だけど、それはもう限界かもしれないね。墓じまいとかで檀家も減り、残った檀家も少子化で十分な仏事ができなくなるかもしれない。そうして浮かばれない霊が増えていったら、浄土真宗もそんな霊たちの面倒を見なきゃならない。

別に難しいことはないんだよ。今まで修業してきたお坊様たちだし、浮かばれない霊にはどんなお経が要るのかはわかっているんだから、その修業をし直せばいいんだ。自分だけで修業できなければ、ほかの宗派に頼んで修業させてもらえばいい。みんな同じ仏教なんだから、断られることはないんだ」

東京に戻った私から老師の話を聞いた父は言う。

「それは浄土真宗とか仏教とかだけの問題じゃないな。『令和への改元を機に死ぬ人が多い』って葬儀社が言ってたけど、死ぬ人だけじゃなくて、既に死んでた人が湧き出してくる気がする。

地獄の釜の蓋が開いたとは言わないけれど、易経を基盤とする漢籍でなく仮名への読み替え、つまり『当て字』で文字の『言霊』を無視した万葉集を引いた改元が、何か大変なことを引き起こすんじゃないか」

私も京都で聞いたことを告げた。

「京都の山のお寺では改元からすぐに護摩を焚いて祈祷があったみたい」

父は頷いた。

「だけどそうした霊とかの問題に、基本的に宗教は対応できる。宗教の大きな役割はふたつで、ひとつは生きている人の心に寄り添って安心させること。もうひとつは死んだ人の霊などを鎮めること。

だからキリスト教だってローマ法王庁には悪魔祓いの部署があるとか、生きている人以外にも対応はできるんだ」

私は、イギリスに留学した友達の話を思い出した。

「英国国教会もすごいって。友達がホームステイしたお城で『ここは私の部屋よ』って女の子が毎晩出てくるからホストペアレンツに言ったら、三角の帽子をかぶったお坊様たちが来たんだって。それでお祈りを上げたら『ギャー』って断末魔みたいな悲鳴が聞こえて、それきり出てこなくなったって」

「死んで安らか」はあり得ない

私と父は、おばあちゃんに訊ねた。

「白い着物の人はもう寂しそうにしてない？」

「寂しそうどころか、なんだか大変みたい。みんなで喧嘩してるよ」

そりゃそうだ。ハマさんが死ぬまで家族から受けた仕打ちと今まで成仏できなかった不満は、勝之助さんを始めとする家族に言ってやらねばならないだろう。

それにしてもあちらの人たちは、おじいちゃんとキキョウとツバキが手をつなぎながら本心はわからないし、ハマさんたちは家族で喧嘩するし、一般に言われる仏様のイメージに比べてなんて人間臭いんだろう。これでは、「死んで安らかに」はあり得ないということか。

おじいちゃんの四十九日を過ぎて梅雨が終わりに近づくころには、おばあちゃんは元気を通り越してパワフルに次から次に新しいことを言う。おばあちゃんの見舞いに来てくれた父と同い年の従妹のキヌちゃんに、父が説明した。

「鼓膜が破れてるから耳で言葉は聞けないのに、心で話が通じるみたいなんだ」

横から、おばあちゃんも言った。

「不思議だねぇ」

そして、おばあちゃんが伝えることだけじゃなく、私たち自身にも、あちらの人たちからメッセージが来るようだ。

「自分には霊感はないし、そんなものは欲しいとも思わない」とずっと言っていた父は、あちらからのメッセージを分析した。

「みっつの方法があるみたいだな。ひとつ目は夢に出ること。ふたつ目はキキョウとツバキのお地蔵さんとか石岡の車の窓の手の跡とかモノを使うこと、みっつ目はこちらが自分で思うように仕向けること」

父の言うみっつ目は、ハマさんと舟月ひい爺さんとミチコ親子に関して、根拠はないのに父の心に浮かんで私たちに理解させたことだ。

そしてそのみっつ目が、私にも起こった。

なぜか急に信州に行きたくなり、立て続けに中央本線に乗った。そして行く度に列車遅延などがあって雨のそぼ降る上諏訪の駅で止められる。それを聞いた父が私を見つめた。

「あんたの血のつながったおばあちゃん、あんたのお母さんの生母に呼ばれてるんじゃないか。確か、上諏訪にお墓があるってお母さんが言ってたぞ」

私は母に訊ねた。母は子供のころ上諏訪にお骨を持って行ったと言う。私は、先日死んだ母方の祖父の戸籍謄本を取った。確かに上諏訪の記述がある。私は上諏訪に一緒に行くように父に頼んだ。

「あんたのお母さんと離婚したお父さんは、どんな顔であんたのおばあちゃんの墓参りすりゃいいんだ？」

父の自慢の軽自動車は、夏の中央高速をほとんど誰にも抜かれずに上諏訪に着いた。諏訪湖から高島城をめぐってまず上諏訪の市役所を訪れた。私の身分証明と母方の祖父の戸籍謄本を見せ、母の生母である私の祖母の墓参りのため、その実家の現在の住居表示を訊ねると、対応してくれた職員に指摘された。

違う。上諏訪から嫁いできたのは母の生母じゃなく、母の育ての親で私が知っている亡くなった祖母だ。

東京に戻ろうとして市役所を出て高島城まで来ると、車の後方から軽い衝撃を受けた。ちょっとした追突だったが、車を降りて事故の状況を見た父が首を傾げた。

「車軸が曲がってる。廃車だな。それにしても、あの当たりで曲がるか？」

物損事故だったが警察の現場検証もあり、追突してきた相手の保険会社が用意した代車を待つ間に、ふいに私の心に言葉が浮かんだ。

「私はここにいる」

私は父に告げて、父の車より大きい代車が来るとすぐ市役所で聞いた私の知っている亡くなった祖母の実家に向かった。その家はすぐに見つかり、突然の訪問にランニングシャツ姿の祖母の弟が出てきた。

「はい、お骨を預かってご供養したと聞いています。私の母も後妻だったものですから、前妻のお弔いをするということに、同じような気持があったんでしょう。

お墓はあの山の上にあります。この辺りには新潟の高田から移ってきた家が何軒かありますが、上越には多い浄土真宗の寺がなくて移住者たちで浄土真宗の寺を町中に建て、その寺の墓地を山の上に開いたんです」

追突事故を受けて時間をとられ、もう夕方に近い時間になってしまっていたのでお墓参りはできず、改めて伺う約束をして私たちは代車のままで東京に戻った。

おばあちゃんの施設に行くと、車いすを押してもらって面会コーナーに現れたおばあちゃんが言った。

「車変えただろう。どっかの婆さんがギャーギャー言ってる」

東京の有名な寺の娘で研究者の友人のシホちゃんも連絡してきた。母の育ての親で私が知っている亡くなった祖母と母方のひいお婆ちゃんが、私たちがもう少し諏訪に留まるように、そして軽自動車で再び中央高速を飛ばさないように、私たちを足止めして車を変えたと言うのだ。そして、私が知っている祖母の実家の墓に葬られた母の生母も「ここの人たちみんなに良くしてもらっている。ここは景色も空気もいい。この景色を見せ、風に吹かれさせてやりたかった」と言っているという。

しかし父は首をひねった。

「うちのおじいちゃんとキキョウとツバキが手をつなぎながら本心はわからないみたいに、本心とは別の恰好つけじゃないのか？」

しかし私たちは、それを確認するために上諏訪にはなかなか行けなかった。

秋になって上諏訪を再び訪れるまでの暑さの続く中、おばあちゃんが繰り出す課題や私と父に直接届くメッセージに、私たちは振り回された。

それは主におばあちゃんの実家や兄弟姉妹に関するものだ。キキョウとツバキとハマさんの我が家の問題を片づけた後の施設の面会コーナーで、初めにおばあちゃんは切り出した。

「部屋の入り口で子供たちがうるさくて仕様がないんだよ。『お母ちゃん、お母ちゃん』ってしきりに呼ぶから、『私はあんたたちのお母ちゃんじゃない』って答えてやるんだ」

私と父はおばあちゃんの弟たちが幼くして死んだことを聞いていた。おばあちゃんの実家の墓に行くと、確かに子供たちの戒名と没年が彫ってある。

だがその戒名に父は怒った。頭に「壽」の文字がある。

「なんだこれ。天寿を全うして死んだ人の戒名じゃないか。モノを知らない奴が勝手に付けたか、もしも坊さんが付けたなら嫌がらせだ。こんな供養で成仏できるわけがない」

実は、おばあちゃんの実家と姉妹五人のうちの三人は、ある新興宗教の信者だった。おばあちゃんともうひとりの姉はその新興宗教を拒み、おばあちゃんを残してすべて鬼籍に入っていた姉妹らのうち信者三人が、おばあちゃんの部屋の入り口にたびたび現れるらしい。

「一番会いたい人にはなかなか会えないんだよ」

おばあちゃんが一番会いたい人は、その新興宗教を拒んだもうひとりの姉だ。だがそのボヤキは、キキョウとツバキとハマさんの問題を片づけた我が家に何かを聞いてもらいたい人たちへの優しさに欠ける。

研究者の友人のシホちゃんの実家の東京の有名な寺で、つい先日百歳で亡くなった前の住職は、その新興宗教に入信して寺の供養を受けずに浮かばれない霊たちの供養を黙って続けていたという。そうした霊は自分で住職の前に出て懇願するか、あるいは家族のところに出て同じ信者の家族が信者仲間に見つからないように寺に来て秘密裏に供養を頼むらしい。

おばあちゃんの実家と姉妹三人の信者たちは、おばあちゃんを通じて供養を頼んだりはしない。それも、おばあちゃんの部屋には入れず、入り口の外から特に心残りの家族について、その生死の別なく寄せる思いを伝えるだけらしい。

そうした遠慮が、私と父に哀れを誘う。

首を絞められて苦しかったのが供養されて解けたキキョウとツバキがおじいちゃんと手をつなぎながら本心はわからないように、浮かばれない霊だったハマさんも供養された途端に家族と喧嘩するように、ちゃんと成仏できたからと言って「安らか」とは言い切れない。

しかし幼児の戒名に「壽」を付けるなどいい加減な供養で浮かばれずに、成仏前のハマさんと同様におばあちゃんの部屋の入り口までしか来られない人たちには、成仏できた後の「安らかではない人間臭さ」はどれほど素晴らしく見えるだろう。

そのうちなんとかなるだろう

おばあちゃんの一番上の姉のシズ大伯母は数年前に死んだ。その知らせを聞いた時、おばあちゃんは怒った。

「片づけることも片づけずに、勝手に逝っちゃうなんて」

何を片づけねばならないかを知らない私にこの夏、シズ大伯母は夢に出た。私に背を向けて流れていく人ごみの中からひとり振り向き、薄い微笑みを見せて去って行った。

同時に父はシズ大伯母の墓に呼ばれたようだ。諏訪で追突事故を受けた車を買い替えるために自動車屋に行く度に通る道が、シズ大伯母の墓の横を過ぎるらしい。

私と父は、シズ大伯母の長女で父と同い年の従妹のキヌちゃんに聞いた。

「うちの母さん、父さんと一緒に地方を回って働いていたから、何回か堕胎したって」

成仏できない自分自身のことだけでなく、産めなかった子供たちのことを思っておばあちゃんの部屋の前に立つシズ大伯母がいる。

おばあちゃんのすぐ下の妹のサチ大叔母はシズ大伯母の死後間もなく死んだ。その葬式で私は、遺影の醜さに気持が悪くなった。美人で私と名前も似て話も合ったサチ大叔母が、死ぬ直前の白髪で歯抜けで服装も構わぬ姿を晒している。そしてこの夏、その遺影を見たこともないおばあちゃんが言った。

「あの写真、汚いだろう。イヤだってあんたに言ったってサチが言ってるよ。可愛がってもらったんだろう。『私の娘のこんな姿を表に出してる』って、ひい婆さんも怒ってるよ。ひい婆さんは、そういうことうるさいよ」

私はおじいちゃんの葬儀を担当した葬儀社に頼んで、私が持っていたサチ大叔母の写真を加工して白いブラウスを着せ、背景にサクラを咲かせた遺影をつくった。それを持っていくと、引っ越しでまともな写真がなかったという大叔父は、涙を流して遺影を抱き続けた。

そしてここでも、水子の話を聞いた。やはり、成仏できない自分自身のことと同時に、浮かばれない子供のことを思ってサチ大叔母は、おばあちゃんの部屋の前に立つのだ。

おばあちゃんの一番下の妹のサヨ大叔母は、十年ほど前に死んでいる。小児麻痺などの後遺症で障害のあったサヨ大叔母は、新興宗教の最も熱心な信者だった。自分自身はそれを拒否していたおばあちゃんは、サヨ大叔母の信仰については「それが救いになっている」と言っていた。

サヨ大叔母がたびたび夢に出ると、父が心配した。私と父はおばあちゃんに聞いた。

「ひい婆さんと姉妹三人が一緒にいるよ。苦しいのを四人で助け合ってる」

父はそれを「信者カルテット」と呼んだ。かつて首を絞められて苦しかったと言うキキョウとツバキ同様に、苦しみを伝えるか弱いハーモニーを聞かずに放置はできない。

親類縁者の浮かばれない霊たちの供養を私はもう一度、京都の老師に頼んだ。病院を出たり入ったりしている老師は、底の開いた空洞の新たなお地蔵様たちに向けて、気力を振り絞った供養をしてくれた。生きている人の心を救うことはあっても死んだ後の行方に迷う霊をちゃんと導くことの難しい新興宗教に帰依した人たちも、こうして成仏できる。

ところがこの供養は別の意味で大変だった。老師に「親類縁者の浮かばれない霊たちの供養」をお願いする説明のため、父は我が家の家系図を書いていた。

その家系図にある名前を老師が呼ぶと、そこに書かれていない者たちも含めて次から次に現れて話しだすという。

中にはアメリカから来た霊もいるという。それは舟月ひいじいさんの弟のタツオさんで、我が家の過去帳では日米開戦の昭和十六年に死んだことになっているが、実は昭和の終わりまで長生きしたようだと老師は言う。

うちのおじいちゃんはタツオさんのことを「アメリカで死んだらしいけれど、大金持ちになって、『日本の甥っ子のケンに遺産を分けてやれ』とか言ってないかな」なんて冗談を言っていた。

タツオさんは初めカナダのバンクーバーに着いたが、日米開戦のために米国南部に逃げ、終戦後に米国北部で農園を経営したらしい。

タツオさんは、「アメリカにも親戚が残っている」ことを伝えたくて出てきたようだ。特に、私と同じ社会学の研究者がいて、仲良くしてやってほしいらしい。タツオさんはそれを、父の心にも思わせた。

後日、タツオさんが出てきたことを聞いた父は、私が老師から聞いたタツオさんの気持ちを伝える前に、私に告げた。

「おじいちゃんの従妹の孫の女の子がアメリカで学者になってるぞ。そのうちに日本に来るみたい」

この供養でもうひとつ大変だったのは、家系図には載っていない我が家の動物たちが出てきたことだ。

おじいちゃんの身代わりになって死んだ犬のチェリーは、ペガサスみたいに翼が生えて黄金色に輝く偉い犬になっているらしい。そしてたくさんの動物たちの命を助けたり、死んだ動物たちや親に先立った人間の子供たちの霊を導いたりしているらしい。

チェリーが導いた動物霊の中に、父が保護していた猫たちがいるという。千葉の自宅を、父は保健所に届けて猫のシェルターにしている。そして、最初に保護した姉妹猫の妹で最近死んだ天子が、自分の死を納得せずに、姉の花子と一緒にいるという。

私は、お地蔵さんをつくってもらった陶芸家からおまけにもらった干支のネズミに、天子の霊を納めてほしいと老師に頼んだ。

「ネズミでいいの」と首を傾げはした老師のお経で、猫の天子はネズミの中で成仏した。

京都から戻った私は父と一緒におばあちゃんの施設に行った。自分たちの娯楽室から面会コーナーまで車椅子を押してもらってきたおばあちゃんは眉をひそめた。

「子供たちが元気になっちゃってね。私の足元まできて暴れ回るから、うるさいって怒ってやるんだ」

困った顔で、父は応えた。

「あまり怒っちゃダメだよ。おばあちゃんのところでうるさかったら、僕の家に来いって。僕はぐっすり寝てるから、好きなだけ暴れていいよって」

数日後、東京の有名な寺の娘で研究者の友人のシホちゃんが私に伝えてきた。父の家では、女の子五人と男の子三人の八人の子供たちが走り回っているという。そして父の家に行く途中に私の家にも寄ったキキョウが文句を言っているという。

「田舎の汚い家ね。お庭に池があって金魚が泳いでるから我慢するけど。でもこの家には、東京の家にある七夕みたいなお花の飾りがなんでないの？」

それは、たまたま八月の第四日曜日に父と行った埼玉の秩父三峰神社で、毎年その日に演じられる四方花舞の花笹だった。

ツバキも黙っていないという。

「お姉ちゃんの鈴はあるのに、なんで私のがないの？　机の中に隠してるじゃない」

「お姉ちゃんの鈴」は私が父にあげた京都晴明神社の桔梗の土鈴だ。「私の」は赤坂氷川神社の椿の土鈴だった。でも私は別に隠していない。それを買ったことも、机の中にしまったことも忘れていたのだ。勝手に人の机の中まで覗くな。しかもそれで終わりじゃなかった。

「机の中のいい匂いの袋もちょうだい。どうせあなたには似合わないでしょ」

ほっとけ。それは京都上賀茂神社の匂い袋だ。確かにちょっとお線香ぽくって、和のテイストの「おんな」じゃなければ似合わないかもしれない。

わかった。みんなあげる。子供たち、特にキキョウとツバキが猫のヒゲや尻尾をつかんで暴れ回り、「かわいそうだよ」と止める男の子たちに馬乗りになってボコっているという父の家が、おばあちゃんにも見えたらしい。

「近所は空き家ばかりでどの家か探すのも大変だし、探し出してみりゃ汚い家だし」

「ハ、ハ、ハ」と文字が見えるようなわざとらしさで父は笑った。

「中年を過ぎて稼ぎの少ない男は、あんな田舎のボロ家に住むしかないの」

おばあちゃんは施設に入る前、家のお風呂でよく歌っていた。

「金のない奴ァ俺ンとこへ来い。俺もないけど心配すんな。そのうち何とかなるだろう」

あの世もつらいらしい

それにしても子供たちが八人って？　父が自分で思うように誰かが仕向けた。

「女の子二人と男の子ひとりは縁のある家で生まれなかった子供たちらしい。男の子二人は幼くして死んだおばあちゃんの弟たちだ。女の子三人はキキョウとツバキ、それと、うちのおじいちゃんの母親になると言ってくれた下町のヤクザの娘の子のミチコだ」

研究者の友人のシホちゃんも言う。

「襟越しの着物の女の人が子供たちの面倒を見ている。キキョウとツバキはその人に匂い袋をプレゼントしたいみたい」

おばあちゃんも言った。

「隅田公園から女の人が来てる。なにか言いたいみたいだけれどねぇ」

再び、父が自分で思うように誰かが仕向けた。おじいちゃんの母親になるはずだった下町のヤクザの娘は名をナツといい、昭和二十年三月十日の東京大空襲で娘のミチコと一緒に隅田河畔で死んだ。そして十万人の犠牲者とともに慰霊はされているが、帰る家はなかった。だが今、我が家の親類縁者の浮かばれない霊たちを京都の老師が供養してくれたことで、子供たちの面倒を見ながら父の家に入れたのだ。

ナツさんは自分から名乗ったりはしなかった。ミチコを連れて今まで帰る家もなくつらかったことも吐露したいだろう。おばあちゃんや私や父と語り合いたいという気持ちはあるに違いないが、「ケンちゃん」を置いて出て行ったことからの遠慮が見える。

そんな遠慮を払いのけるように彼女の名前を父の心に思い浮かばせたのは、恐らく舟月ひい爺さんなのだろう。七十年を過ぎていい男を気取るじゃないか。さらに舟月ひい爺さんは、ナツさんの顔まで父に見せたらしい。

「和服の似合う人みたい。気が強いというか、しっかりした性格が卵型の整った顔に出てる。ただ、昔の写真みたいにセピアがかった静止画なんだ。本人が出てくれば３Ｄでわかりやすいのに。控えめな本人よりひい爺さんが『いい女だろう』って自慢したいんだな」

シホちゃんも言う。

「女優のかたせ梨乃みたいな感じの人だよ」

父が言うナツさんの「気の強さ」は、我が家の親類縁者の浮かばれない霊たちを京都の老師が供養してくれたことから、新たな問題を起こした。

ナツさんが父の家に入ることができたら、そこにはやっと成仏できたハマさんもいる。死んでも舟月ひい爺さんに未練のあったハマさんは、後から来たナツさんとミチコの親子を脅し、ナツさんは「ケンちゃん、ごめんね」と泣きながら出ていかざるを得なかった。

父の家で顔を合わせた二人は、当然のこととして無事では済まない。それをおばあちゃんが実況した。

「これは殺傷事件になるね。『よくも脅かしてくれたね』『あんたが親方を寝取るからだ』って。その親方自身は逃げちゃってるけれどね」

舟月ひい爺さんの生業は江戸以来の財布などの袋物づくりで、何人もの職人たちを抱えた「親方」だった。そしてハマさんは勝之助さんという侍の娘で、ナツさんはヤクザの娘だ。確かに殺傷事件になっても不思議はないが、仏様になった身をどう殺傷できるんだ？

このひと夏の騒動に振り回された最後に、おばあちゃんの従妹の和子小母さんが死んだ。そのことを告げる気もなく施設に行くと、自分たちの娯楽室から車いすを押してもらって面会コーナーに現れたおばあちゃんが言った。

「さっき和子が遊びに来てたよ。小岩にはどうやって帰ればいいかって聞くから、そこからバスに乗れって教えてやった」

そこからバスに乗ったら王子に行っちゃう。そもそも、死んだ人をバスに乗せちゃダメでしょ。

秋になり、私と父は再び諏訪を訪れようとした。だが、私が知っている祖母の実家の弟で七月に出会って話を聞かせてくれた人は電話口で言った。

「そんな話はしてない。私の家の墓に家族でない人は入っていない」

私と父は七月に聞いた寺を上諏訪の駅の近くに探して訪ね、事情を話してお経をあげてほしい旨を頼んだ。

「お墓の家の方は、東京から突然現れた者が六十年前のことを言いだしたりして、ちょっと警戒されたと思います」

最初は私と父の目を窺がうようにしていた住職は、その言葉に少し微笑み、差し出したお経料を受け取った。

「ありがとうございます。承知しました。お墓のほうにはお出でになりましたか？　できましたら、お参りをしてあげてください」

もう営業していない山の上のホテルの下にあるという寺の墓地への道筋と、私が知っている祖母の実家の墓がその墓地の中のどの辺りにあるかを教えてもらい、私と父は車で山を登った。ホテルヤマダと書かれた駐車場跡の空き地に止めた車から墓地を探しに降りた父は、助手席の私にも降りるように促した。

「確かにいい景色だぞ。ふもとの町と諏訪湖とその先のアルプスの山並まで見える」

私が知っている祖母の実家の墓に葬られた母の生母は、私と父が七月にここに来た時に言っていたという。

「ここの人たちみんなに良くしてもらっている。ここは景色も空気もいい。この景色を見せ、風に吹かれさせてやりたかった」

その言葉を「本心とは別の恰好つけじゃないのか？」と額面通りには受け取らなかった父も、彼岸前の残暑の中で湖からそよぐ涼風に頷いていた。

だが、苗字でなく「墓」の一字が大書された墓石の横に建てられた墓銘碑に、母の生母の戒名はなかった。

東京に戻った私と父はおばあちゃんの施設に行き、母の生母の本音がわからないかと訊いた。しばらく遠くを見ていたおばあちゃんは言った、

「雪の降るこの寒い土地に薄い生地の赤い着物で来てしまった。もっとちゃんとした格好で来ればよかったって言ってるよ」

それは土地の人々の問題ではなく送り出した人の問題だ。お棺には花嫁衣裳を入れたと母は祖父から聞いたという。「ここの人たちみんなに良くしてもらっている」という七月の言葉は、必ずしも表面を繕うものじゃない。

それにしてもなぜ、母の生母は後妻の実家の墓に葬られたか？

私と父は、うちのおじいちゃんが死ぬ三日前に死んだ母方の祖父の戸籍謄本から、母の生母の実家とされた旧猿島郡総和村、現在の茨城県古河市水海に行った。

しかし、そこにも私たちを納得させるものはなかった。

田んぼの真ん中に止めた車を降り、西の裾に利根川の土手を望む以外に遮るものもなく広がる秋空の下で、深緑が視界にみなぎる稲の香を嗅ぐように、父は大きく息を吸った。

「東京ではわからないだろうけれど、おじいちゃんが死んだ五月には田植え直後でちょろちょろっと生えていた苗がもう米を実らせている。

農家の人たちはこの様子を明確にイメージして田植えをしたんだろう。

現在は過去から続いてきている。だとしたら現在は未来のためにもある。今の自分のためだけでなく、未来の人々のためにも今を生きなきゃならない。

同じように、過去の人々は今の我々のためにも生きてくれた。だから我々は昔の人たちの霊に少しでも喜んでもらえるようにしたいよな。

ここは平安時代から城を置かれた桓武平氏系の武士の領地だ。うちのおじいちゃんの生母のトモさんとハマさんが出た石岡も、桓武平氏系の武士の領地だった。

桔梗紋と三つ椿に縁の深い清和源氏系の我が家でも、平氏の土地から出た人とも心を通わせなきゃならない。

そんな千年以上前からの因縁を含めて、人間っていうのは、つながっているんだよな」

はぁ、そんなもんですか？　東京の有名な寺の娘で研究者の友人のシホちゃんが私に伝えてきた。

「あんたの家に行くと塩をまかれて、おばあちゃんには『一緒に行かない』って、お父さんには『グチョグチョよくわからない』なんて言われて、おじいちゃんはひとりで釣りをしてるよ」

あの世に行ってもいろいろとつらいだろうけれど、それぞれの場所でみんな頑張ろうよ。

東京の下町だって、向こう三軒両隣の家並を額縁にして切り取られてはいるけれど、路地の上には青い秋の空はある。

つづく、かも

追記　父の家で走り回っているという八人の子供たちは女の子五人と男の子三人だが、そのうち、男の子二人は幼くして死んだおばあちゃんの弟たち、女の子三人はキキョウとツバキ、それとナツさんの娘のミチコだった。

そして残る女の子二人のうちひとりと男の子は生まれなかった双子と、京都の老師が教えてくれ、父は登思男と美音子と名付けた。

さらに後日、最後の女の子が京都の老師に伝えてきた。

「キキョウちゃんとツバキちゃんは鈴を持っているけれど、私は鈴がないの。私もモミジの鈴がほしいの」

生まれなかった子供には名前がないはずだ。キキョウとツバキも登思男と美音子も父が勝手に名付け、本人たちも納得した。あるいは、本人たちが望む名を父の心に浮かばせたのかもしれない。自分をモミジというその子は、生まれなかった子供ではないのか。

私は父と一緒におばあちゃんの施設に行って聞いた。おばあちゃんはモミジという名前の子供を知らないと言う。黙って聞いていた父がつぶやいた。

「その子は生まれたけれどすぐに死んで、その時に周りの人たちから言われたんだ。『モミジみたいな可愛いお手て。ごめんね、助けてあげられなくて』って。そこで聞いたモミジっていう言葉を、自分の名前だと思っているんだ」

父の顔を見ていたおばあちゃんが続けた。

「その子は抱いていた人の手から落ちちゃったんだ。お骨はお墓にも入っていないよ」

大丈夫。モミジは、お地蔵さんに納められてキキョウやツバキたちと一緒にいる。私は、秋深い晴明神社でモミジの土鈴をいただき、お地蔵さんを保管する父に預けた。

つづく、かも

追記　東京大空襲で死に、十万人の犠牲者とともに慰霊はされているが帰る家のなかったナツさんは、京都の老師が供養してくれたことで父の家に入れたが、その時、ナツさんは老師に「私は、この家に入ってもいいのでしょうか？」と訊ね、老師に強く励まされた。

そして今、ナツさんは私のひいおばあちゃんとして我が家の守護霊となり、かつてナツさんについて「隅田公園から女の人が来てる。なにか言いたいみたいだけれどねぇ」と言っていた私のおばあちゃんとも仲良しになっている。

さらに毎晩、天使となった猫の天子と一緒にトモコの店で飲み、自身を語ることもある。それによるとナツさんの母親は東京の古い寺の娘で、寺の境内で戦災孤児などの保護をしていた。そして境内を縄張りにしていたテキ屋の親分と一緒になってナツさんを生んだ。

母親が開いた孤児院の手伝いもしていたナツさんは、N女子大学の三期生で、一期生にいた雑誌青鞜の創始者らと飲み友達。女学校のころから銀座や浅草で遊び回り、上野のミルクホールでは現在では文豪と呼ばれる作家たちとその駆け出し時代を一緒に過ごしたようだ。

一九四五年三月十日の東京大空襲では、結果的に延焼を免れた地域に逃げようとしていて助かったはずのナツさんだったが、その途中で動けなくなっている子供たちを見つけて置き去りにできず、一緒に焼け死んだという。

その時の子供たちを連れて成仏したことから、ナツさんは女性や子供の成仏を助ける天使になっているらしい。二〇二〇年の東京大空襲慰霊祭でも、未だ成仏していなかった子供たちを見つけ、京都のお坊様たちに供養を頼んできた。あるいは、父のやろうとしていることはナツさんの受け売りかも。

つづく、かも。

翼の生えた犬と猫。私たち、大日如来さんのお使い。

天子編

アタシ、テンコ。天子と書いてテンコ。

「元号が変わって死ぬ人が増えた」なんて日本の人間が言ってる年に、キジトラ猫のアタシも死んじゃったんだけどね。

そしたら、大日如来さんのお使いになったんだけど、新宿歌舞伎町とか、アタシが行く先々で「アイツは何だ？」なんて言われてるみたいだから、「何だじゃないだろ」とは思うけど腹立ててもしょうがないから、アタシのこと語ってやる。

だいたいね、大日さんのお使いになれって言われたのも、アタシが自分の生き方とか仲間の命とかをちゃんと考えてたからだよ。大日さんて言ってもプロレス団体じゃないよ。偉い神様なんだから。

アタシの一生だって、そりゃあ一から十までは満足できやしなかったよ。でもね、どんなふうに生きたいか、命っていうものをどんなふうに大事にするかって考えてるってことが大切なんだと思うよ。

アタシはそんなふうに生きてたよ。

アタシが生まれたのは、千葉県の茂原って田舎町の空き家の中だった。

お母ちゃんはチビ母さんってキジトラ猫で、まだ子猫の時にアタシの人間のお父さんの家の庭でご飯をもらうようになってた。そしたら、アタシたちのお父ちゃんのキジトラ猫がお母ちゃんを追いかけるようになって、人間のお父さんは最初「ロリコン、エロおやじ」って追い返してたんだって。

でもアタシたちが生まれて、お父ちゃんは「デカ父さん」て呼ばれるようになったんだって。アタシはお父ちゃんを見た覚えはないけれどね。

アタシは四姉妹の三番目だった。目が見えるようになって「お腹が空いた」とか啼いてたアタシたちを人間のお父さんが見つけて、家の中に入れてくれたんだ。

その時、一番上のマル姉ちゃんだけはヨチヨチ歩きで空き家の床下に逃げ込んじゃった。お母ちゃんはアタシたちが人間のお父さんに抱かれて家の中に入れられるのを物陰から黙って見ていた。後で、「一緒においで」って家の戸を開けてもらってたけど、入ってこないでマル姉ちゃんと外で暮らしたんだ。

人間のお父さんは、抱かれる最初にアタシだけが「シャ」って威嚇したって言うけれど、そうだったかしらね。まぁ、いいじゃない。

アタシたちはみんなキジトラ猫だから、色の違うリボンをつけられて、最初はその色の名前で呼ばれてた。二番目のお姉ちゃんはイエロー、アタシはオレンジ、妹はピンクだった。

お父さんは子猫の育て方を獣医さんに聞いて、四時間おきにミルクをくれた。夜中や明け方にミルクを飲んだアタシたちは、お父さんのふとんの上でお腹がいっぱいになった後の運動をしたんだ。アタシはピンクとプロレスごっこをして、イエローのお姉ちゃんはお父さんの顔にじゃれていた。

アタシたちが生まれて四ヶ月目くらいの十一月三日に、「一番おとなしい子をちょうだい」って言って近所のおばあさんがアタシたちを見に来たんだ。

その時、縁側の窓際までおばあさんを見に出ていたアタシたちの中で、「きゃ」って言ってピンクが後ろに飛び退いた。でもお父さんはピンクを抱いて頭をなで、「ひとり暮らしのおばあさんがさみしくないように、一緒に暮らしてね」って言って送っていった。

それなのにすぐその年の暮れにおばあさんは死んで、ピンクはおばあさんの家から飛び出していなくなっちゃった。

その後、イエローのお姉ちゃんは花子、アタシは天子って名前に変わった。

年が明けて春になったら、外で暮らしていたマル姉ちゃんが妊娠した。そしたら、マル姉ちゃんと一緒に暮らしていたチビ母さんがどこかに行っちゃって、それっきりアタシたちの前にお母ちゃんは現れなかった。

マル姉ちゃんはひとりで子供を産んだらしい。しばらくしたら、キジ白の子猫がひとりで啼きながらお父さんの家の庭に歩いてきたんだ。お父さんは庭に飛び降りてその男の子を家に入れ、豆太って名前を付けた。

豆太はアタシたちが家に入ったばかりの時と同じに、四時間おきにミルクをもらい、花子姉ちゃんやアタシの乳首を吸いながら眠っていたよ。おっぱいは出ない乳首だけれどね。

豆太が家に入ったら、マル姉ちゃんは豆太とそっくりなキジ白の女の子を連れてお父さんの家の庭に来るようになった。その女の子は手毬と呼ばれて、マル姉ちゃんと一緒にお父さんの家の縁側でご飯をもらっていたけれど、やっぱり家の中には入ってこなかった。

次の年にまたマル姉ちゃんがメグって女の子を産んだら、手毬はどこかに行っちゃった。そして数年後にガリガリに痩せて戻ってきて、お父さんの家の縁側で最後の何日かのご飯を食べて死んだよ。

お父さんの家の縁側では、初めて見る猫たち、それも病気の猫たちも次々に来て、最後のご飯をもらって死んでいった。お父さんはそんな猫たちをみんな、家の畑の横につくった猫の墓地に葬ったんだ。

マル姉ちゃんがメグを産んだころ、アタシも六頭の黒猫を産んだ。お父さんは家の窓の網戸をワイヤーネットで補強していたけれど、アタシはその網戸を破って脱走したんだ。お父さんは保護した男の子は去勢したけれど、怖いからって言って女の子の避妊手術はしなかったからね。

相手は「クロちゃん」て呼ばれて近所のおばあちゃんと暮らしていた黒猫だった。ケンカが弱くて背中を噛まれて胴体に包帯を巻かれていたりしたけれど、優しかったんだ。若いころにはそんなこともあるよね。

メグも元気な女で、縁側でご飯は食べるけれどお父さんにつかまらずに外で暮らし続けて毎年たくさんの子猫を産んだ。メグが子供を産むようになった時に、マル姉ちゃんはいなくなっちゃった。

お父さんはメグが産んだ子猫たちを次々に保護して、人間は誰も使っていない二階の三部屋で二十頭以上を育てた。家をシェルターって施設として保健所ってとこに届けたんだ。

その間に豆太は花子姉ちゃんやアタシやアタシの六頭の子供たちと家の階下で暮らしていい男に育った。そして二階の猫たちが部屋の扉から脱走して階段を下りてくると、「ちゃんと部屋に戻れ」って追い返すような役目をしていた。お父さんは「豆太はお父さんの長男だ」っていつも言ってた。

そんなある時、台所のテーブルで遊んでいた豆太が、お箸をくわえてテーブルから飛び降りて、お箸がのどに刺さったんだ。

お父さんはすぐに豆太を獣医さんに連れて行ったけれど、お箸は脳まで刺さっていて獣医さんも水分補給の点滴しかできなかった。

だけどお父さんは豆太を抱いて傷のある喉の下にずっと手を当てて一緒に寝て、豆太の好きなヨーグルトをスポイトで飲ませてた。

豆太は死ななかったよ。ただ、脳に傷を負って体の動きが不自由になる運動障害になったけれどね。だけど豆太はそんな障害に負けなかった。強い男に回復して二階の子猫たちの取り締まりに戻ったよ。

そしたら今度はお父さんが死にかけた。どんどん元気がなくなったんだけれど、近所のお医者さんでは原因がわからずに、しばらくたって大学病院ってとこに検査に行ったら、その日のうちに緊急手術をされたんだ。

お父さんは最初、「猫の世話があるから」って手術を断ったんだって。だけど大学病院の人が、家の近くのボランティアの人を探してくれて、その人たちがアタシたちの世話をしてくれる約束で手術を受けたんだ。

だけど手術が始まって人工心臓っていうのを使ってお父さんの心臓が止まったのを感じた豆太は、自分の体から抜け出てお父さんのところに行った。お父さんは手術の麻酔から覚める時に、真っ暗い中に豆太だけが浮かんで、お父さんを見ているのが見えたんだって。

そうしてお父さんも生き返って二ケ月くらいして家に戻った時、豆太も傷だらけになって家に戻ってきたよ。花子姉ちゃんとアタシは、豆太の傷をなめて直した。

この時、豆太だけじゃなくてアタシの息子のレモンも家を出て、それがお別れだった。ボランティアの人が里親を見つけたんだけれど、二階の子たちもみんな逃げ回っていたので、レモンは自分からケージに入った。みんなの犠牲になったのさ。もともと面倒見がよくて、子猫がよそにもらわれていく時には「連れて行くな」って啼き始めてほかの猫たちに合唱させるような子だったからね。

大日如来さんのお使いになってわかったんだけれど、レモンが最初にもらわれていった家は猫を家の中で育てなくて、おまけに犬もいて、レモンは外に飛び出して事故に遭った。大ケガをして助けられ、今度は東京の江戸川区の家にもらわれた。

そこで、教育熱心な人間のお母さんと、まじめに勉強するお兄ちゃんたちと暮らしてた。お兄ちゃんが勉強で疲れた時の話し相手になったのさ。まじめな話だったらしいよ。レモンらしいね。そして、お兄ちゃんが奨学金をもらって千葉大学ってところに入学したのを見届けてレモンは死んだ。

アタシたちはそんなふうに生きてきた。

だけど今年、令和になって生きてる人や猫の世界と霊の世界の境目が溶け出して、お父さんのお母さんが豆太と同じように体から抜け出して見る霊界のことをお父さんたちに話すようになったら、アタシたちも霊の世界での役目が始まったみたい。

お父さんは手術から生き返った時にみっつのお役目を感じたんだって。そのお役目をするためには、お父さんがもともと住んでいた東京に帰らなければならないって。

だけど二十頭以上の猫を茂原に置いていくわけにはいかないから、「東京の猫になるんだよ」ってアタシたちに言ってた。だからアタシは「東京ってどんなところだ」って思って、テレビに映る東京の様子を見ていた。

八月の末に、乳がんが肺に転移してアタシは死んだんだけど、死ぬ前の日に東京の獣医さんに連れていかれた帰りに、歌舞伎町っていうところを通ったんだ。それは、アタシがテレビで見ていた東京と違ってキラキラした楽しそうなところだった。

アタシは「あんなところで遊んでたかったな」って思いながら、最初は同じ乳がんを患ってる花子姉ちゃんが心配でそばについていた。だけどお父さんの娘のサッチが、アタシの成仏を京都の大きなお寺のおじいちゃんに頼んだんだ。

アタシはおじいちゃんにアタシの一生とかを話したよ。おじいちゃんはお経をやめてずっと話を聞いてくれてた。そしたらサッチと暮らしていた犬で、お父さんのお父さんが前にクモ幕下出血っていう病気で倒れた時に同じクモ幕下出血で倒れて代わりに死んだチェリーっていう犬が出てきて、「和尚様は忙しいから早く成仏しなさい」なんて言うんだ。チェリーは翼を生やした背中に大日如来さんを乗せたりする。浮かばれない人たちの霊が顔の塔みたいになってお父さんのところに出てきた時も、チェリーが大日さんに来てもらって成仏させたって。

でもアタシはアタシだから自由にしていたいの。ほかのヤツに言われた通りにするなんてイヤなの。

チェリーの言い草は気に入らないけれど、アタシはおじいちゃんのお経で成仏したよ。そしたら今度は、アタシがおじいちゃんに一生のことを話してたのを聞いた大日如来さんが、アタシもチェリーと同じように大日さんのお使いにならないかって。

初めにも言ったけど、大日さんのお使いになれって言われたのは、アタシが自分の生き方とか仲間の命とかをちゃんと考えてたからだ。まぁそれは本当だけど、でももっと強い理由は、アタシがおじいちゃんに一生のことを話してた、その話し方だったかな。つまりプレゼンテーションの勝利ってやつかな。

成仏してのんびりしてるのも退屈だから、アタシはお使いになるって返事をした。でもそしたら、アタシにお使いの仕事を教えるのがチェリーだって。

うるさいんだ、これが。一度、腹が立ってチェリーの顔をひっかいてやった。そしたらアイツ、アタシの自慢のしっぽを噛んだんだ。ほら、歯型が残ってるだろ。

アタシにだけじゃなくて、チェリーはみんなにうるさいんだ。お父さんの娘のサッチはチェリーのお姉ちゃんだけれど、その生活態度が気に入らないってチェリーはお父さんにチクるんだ。

あたしが大日さんのお使いになった最初、そうしたお使いの偉い人たちが大勢いるところに連れていかれて、チェリーが挨拶しろって言うから「アタシが天子だけど」って言ってやった。チェリーは頭を抱えていたよ。犬も頭を抱えられるんだと思ったけど、アイツはそれをお父さんにチクるんだ。

「非常識でしょ。偉い人たちはそんな挨拶聞いたことないから、一瞬シーンとした後に大笑いして大喝采してたけど、私は恥ずかしくて。恥ずかしいって言ったらお姉ちゃんのこともですよ。歌舞伎町なんかにばっかり行って。もう少しきちんとした暮らし方をしてもらわないと」

だからアタシは出て行って言ってやった。

「いいじゃないの、歌舞伎町。今度サッチが行く時はアタシも行くから、お神酒とチュールを用意しておいてって」

実はその前の日に、アタシは京都でサッチと一緒に大きなお寺のおじいちゃんに連れられてお茶屋というところでお神酒を飲んだ。歌舞伎町みたいにキラキラしてない店でつまみに出たカラスミは気に入らないから蹴飛ばしたけれど、鴨肉はおいしかったね。

そうしてアタシは歌舞伎町に行くようになった。どこもキラキラしてて楽しいよ。ホストクラブってところではシャンペンタワーなんてのをやってたから面白半分に蹴飛ばしてやった。「ポルターガイストだ」なんて騒いでたよ。

アタシが足場にしてるのは、サッチの友達でアタシのことが見えてアタシの言うこともわかるトモコっていう子の店さ。そこでアタシはバーボンの味を覚えた。

アタシがちょっと歌舞伎町を回ってトモコの店に帰ってくると、歌舞伎町で死んで浮かばれてない猫の霊がゾロゾロついてくるよ。いつの間にかアタシは「天子のネェさん」なんて呼ばれててね。

アタシは死んで二ケ月ぐらいして大日如来さんのお使いになったんだけれど、その後一ヶ月足らずの十一月末に、豆太が死んだ。

すっかり体が弱って体重も半分くらいになっていた豆太は、死ぬ前の日にお父さんに抱かれて「死ぬなよ。根性だ」って言われながら、昔はお父さんに「海老蔵」と言われたきれいな目でお父さんを見つめ、「僕は大丈夫です」って答えてた。

アタシはすぐに豆太の霊を連れてチェリーのところに行って頭を下げた。

「この子は不自由な体になって八年も頑張った。立派な修業でしょ。この子もお使いにしてくれるように大日如来さんに頼んで」って。

チェリーは引き受けてくれて、大日さんに言われて京都のおじいちゃんのところに豆太を連れて行って挨拶させた。その後、「僕はどんな仕事をしましょうか」って聞いた豆太にチェリーは「少し休みなさい」って答えたって。

それを聞いたアタシは豆太を歌舞伎町に連れて行った。豆太が死んだ次の日だったよ。まじめな豆太も酒は大好きになったみたい。アタシはバーボンとチュールを舐めながら酔っぱらえば店のボトルを蹴飛ばすぐらいだけど、豆太は死んだら体が自由に動くようになって嬉しいんだろうね。トモコたちがマイケル音頭なんか歌ってくれるから踊り回ってるよ。

ただ、歌舞伎町で死んでいてアタシについてトモコの店に来た猫の霊たちが「エンカのエンは怨みって書く」とか言って藤圭子とかちあきなおみのカラオケを自分でかけて唸りながら、「能天気に踊ってるよ。家の中でぬくぬく生きてたお前にはアタイの気持ちはわからないだろう」なんて豆太に毒づくんだ。

だからアタシはハーパーを舐めながら言ってやるんだ。

「まぁ、いいじゃない。猫もそれぞれだよ」

まだ翼のないままベロベロに酔っぱらった豆太は、最初の日は迎えに来たチェリーに背負われて、二日目はチェリーも迎えにも来なかったからアタシが口にくわえて帰った。そしたら三日目にはもう大日さんが豆太にも翼をくれたんだ。

その後、翼の生えた豆太を見たトモコたちの話を聞いたお父さんが、豆太も大日さんのお使いになったことをわかって豆太に言ったんだ。みんなの犠牲になって自分から進んでケージに入って里親の家にもらわれていったアタシの息子のレモンも、大日如来さんに引き合わせてほしいんだって。

豆太はその日のうちにレモンを連れてきた。長男のレモンだけじゃなくてアタシより先に死んでいた次男のメロンと小さいうちに死んだ三男のパインと末っ子の桃子も一緒に。

苦労してきたレモンは別だけど、メロン、パイン、桃子のアタシの子供たちは、トモコたちが合唱するマイケル音頭を、豆太に教わってみんなで踊っているよ。生え始めた小さな翼を虫みたいにパタつかせてね。

豆太が黒猫四頭を連れてきたってトモコの話を聞いたお父さんは初め、びっくりしていたよ。でもそのことを、まだお父さんと一緒に暮らしているアタシの娘たち、ミカンとイチゴに話してやってる時には、嬉しくて涙を流していた。

自分の父親、サッチのおじいちゃんが死んだ時にも、アタシや豆太が死んだ時にも泣きはしなかったのにね。

そんなことをしながら、アタシは大日さんのお使いになって二ヶ月くらいで、歌舞伎町を中心に東京の盛り場で死んだ猫たち百頭以上の霊を大日さんのところに案内したよ。

それは、チェリーのようなまじめでお利口さんのお使いが行きたがらない、ちょっとアブない盛り場にこそ浮かばれない動物の霊がいるってことさ。

それなのに、「その仕事はお酒を飲まなければできないんですか？」なんてチェリーは聞くからアタシは言ってやるんだ。「郷に入れば郷に従えだ」って。

チェリーも言い返してくるよ。「ミイラ取りがミイラになるってこともあります」なんて。目尻の尖がった眼鏡の先をぴくつかせながらね。あの皮肉な感じにはどうしても素直になれないね。

まあ、こんなやり取りを続けながら、アタシたちは大日如来さんのお使いの仕事をしているのさ。大日さんの周りのお使いの中では「チェリーとアタシはいいコンビだ」なんて言う人もいるみたいだけれど。それはどうかね。

つづく、かも。

チェリー編

チェリーと申します。

天子さんがご自分のプロフィールを語ったそうで。それはいいんですが、その中で私のことをお話しになられて、それが何か私に悪意とまでは言いませんが必ずしも好意的ではない言いようのようで、何か私がイヤミな女みたいで心外です。

だいたいあの子は、あっ、これはネズミ年のネとは読まないでくださいね。天子さんの霊が干支のネズミの置物の中に納まって成仏したからって、私はそんなダジャレを言ったりするタイプじゃありませんから。

それであの子は、ご自分が大日如来様のお使いになったのはプレゼンテーションの勝利だなんて言ってますが、それは一事が万事なんですよ。あの子の言うプレゼンテーションの勝利ってのは、言った者勝ちってことでしょ。アンフェアですよね。

だから私は公正に、客観的、合理的な弁明を含めて私のお話しさせていただきます。

紀州犬の血筋と言われる私は、九州の福岡・熊本県境のお寺の裏山で生まれ、大日如来様のお引き合わせでお寺のご住職に保護されました。その時に生き別れた母親のことはよくわからず、こちらの世界に来てからも甘えることもできていません。

その後、犬好きの檀家さんに求められて、ご住職は私を里子に出しました。ところが、その里親の家で幼いころを過ごして少しお転婆に育った私は、里親の家の息子さんに嫌われてしまいました。

ある時、東京に用事ができた息子さんは、私を車に乗せて連れ出しました。そして東京の下町の公園に私を置き去りにしました。

菩提寺のご住職からもらい受けた私を近所に捨てられず、二度と戻ってこられぬ場所に捨てて「どこかに逃げてしまった」とご住職には報告するつもりだったのでしょう。

公園の桜の木につながれて「置いていかないで」と啼く私を後に、福岡ナンバーの車が走り去っていく様子を、サッチのお姉ちゃんが見ていました。

お姉ちゃんは「公園に置き去りにされた犬を家に連れてきたい」とおじいちゃんとおばあちゃんにお願いしました。でも、ずっと前にチビという犬と暮らして死に別れていたおじいちゃんとおばあちゃんは、最後に悲しい思いをしたくないと、お姉ちゃんのお願いを許しませんでした。

すると、「バスケは格闘技だ」を合言葉にして有名な漫画のモデルになった「奇跡の世代」の中学のバスケットボール部でパワーフォワードを務めていたお姉ちゃんが、泣いて頼んでくれました。

おじいちゃんとおばあちゃんは、私を家に入れてくれました。でも、九州の田舎でお転婆に育った私は、東京の小さな家で体力を持て余し、サンダルやらスリッパやらタオルやらを、次々に破壊しました。

そして、おばあちゃんに手ひどく怒られました。ただ、おばあちゃんは怒るだけでなく、私を獣医さんに連れて行ってくれて寄生虫を駆除し、毎日ブラッシングをして皮膚病を直してくれました。

私は、おばあちゃんから愛と寛容と慈悲を学びました。おばあちゃんは、怒る時も私のためを思って怒ってくれたのです。

「ほかの人や犬や動物たちと仲良く暮らすには、相手を大事にできる自分を大事にして生き抜く強さを持ちなさい」が、おばあちゃんから伝えられた思いでした。

愛は主体があって初めて生まれます。すべての主体の愛は種の生存本能とともにまず初めに自分自身へ向かい、続いて身近なものから順次その対象を広げます。

デカルトが「我思う。ゆえに我あり」と言った時、「我あり」と同時に我に愛は生まれています。神の愛は、神の存在と同時に生まれています。

まず生きることです。生きている限り必ずその主体自身に反射してくる愛はあります。どんなに自分が嫌いでも、一方でそんな自分を生かし続けたいという自分への愛は必ず存在します。

そしてその愛はやがて自分の身近な小さなものたちなどに順次その対象を広げるのです。ただその時、主体から離れて放射していく愛には、必ずしも何らかの見返りが約束されるものではありません。

それでも愛を持続させるために、寛容が機能するのです。それは決して我慢ではなく、安らかに受け入れる心です。

このように、愛は最初からただ黙ってそこに存在したりするものではなく、誰かがいてその誰かが愛するという明確な主体を前提とし、誰を（あるいは何を）愛すという主体ごとの一定の方向性を持ちます。

これに対して「慈悲」は、愛のように発生の前提や明確な方向性もなく、アクティブでもありません。どちらかと言えば、既に空気の中に漂っているようなものです。

「慈」は楽しませるもの。「悲」は苦を取り除くもの。このふたつが別々に機能するのではなく合体した時、特定の誰かではない何者もが包み込まれるような思いやりを感じる優しさこそが、宇宙の涙ともいえる「慈悲」なのでしょう。

生意気なことを言うようですが、これがおばあちゃんから私に伝えられた愛と寛容と慈悲です。ユヴァル・ノア・ハラリ氏はこうしたことを知識的ユダヤ人特有のシニカルで「虚構を信じられる人間」と言っているそうですが、虚構でも真実でも何でもいいんです。生きるものを強くするのは愛と寛容と慈悲なんです。

そして私は、おじいちゃんが散歩に連れて行ってくれる公園で、近所の犬たちが大きい子も小さな子もみんな仲良く遊べるように音頭をとるようになりました。手前みそのようでお恥ずかしいですが、柴犬のサクラちゃんのママはおじいちゃんに言ってくれました。

「うちのサクラちゃんは犬見知りでほかの子と仲良くできなかったのに、チェリーちゃんが遊んでくれるから私も嬉しくて」

まぁこれは、桜つながりですからねぇ。

犬の仲良しサークルだけではなく、私は人間とも優しく付き合いました。ただ、人間の子供が私の尻尾を引っ張ったりする時は、自分の足を噛んで我慢しなければなりませんでした。「寛容」と言うにはまだ、私も修業が足りなかったんですね。

サッチのお姉ちゃんも、時々は私を散歩に連れて行ってくれました。でもよく足を踏まれるので、私はビクビクしながらお姉ちゃんの後ろを歩きましたけれど…。

おばあちゃんとは、私が置き去りにされた公園の桜が咲いた時のお花見とか、季節ごとの町の景色を一緒に見に行きました。

たまに顔を出すサッチのお姉ちゃんのお父さんは、私が友達と遊ぶ公園で一緒にランニングしてくれました。サッチのお姉ちゃんと歩く時とは違い私はお父さんの前を歩きました。

そんな十数年が過ぎて、おじいちゃんがクモ幕下出血で倒れました。それを感じた私は、大日如来様に頼んでおじいちゃんの身代わりになって死にました。

そして、死んだ動物たちが一緒に暮らしていた人間を待つ三途の川の手前の虹の橋まで来ると、「チェリーちゃんでしょ」と私は声をかけられました。

それは、おじいちゃんとおばあちゃんの生まれなかった子供のキキョウちゃんとツバキちゃんでした。二人は一緒にいる人もなく、二人だけで三途の川も渡れずにいたのです。

私は、大日如来様にお願いして二人に縁のある方を探しました。そして、おじいちゃんのお母さんになるはずだったけれど戦争中の東京大空襲で死んだナツさんとその娘のミチコちゃんを見つけて、キキョウちゃんとツバキちゃんと一緒にいてくれるように頼みました。

私は、キキョウちゃんとツバキちゃんのような悲しい子供の霊がいることを知りました。大日如来様は私に、動物たちの霊を案内するお役目を与えてくださるお考えでしたが、それに加えて私は、悲しい人間の子供の霊のお世話もさせていただきたいとお願いしました。

大日如来様はお許しくださり、私がまだ生きている動物たちの命を守ることもできるようにしてくださいました。

悲しい人間の子供の霊のお世話をするお役目は、最初、私がキキョウちゃんとツバキちゃんを知ったことによる決心を超える難しいものです。

子供たちの霊は、一般には亡くなった人間のお坊様たちの霊が面倒を見ています。そして今は、サッチのお姉ちゃんのお父さんに育てられて死んだ猫の豆太ちゃんたちの霊も手伝ってくれています。そんな体制をつくっていても、なかなか十分な面倒は見られません。

それは、子供のうちに死んだ霊たちは当然に自分の人生に満足できないし、今まで守ってくれていた家族と離れて怖いし、何よりも「死」ということも、これからどうしたらいいかもわからず、お坊様の霊や猫たちの霊や、私が出て行っても安心できないからです。

もったいぶるわけではありませんが、私たちはそんな困難の中で何とか頑張っています。

動物たちの霊を案内するお役目は、その後、天子さんが大日如来様のお使いになって、すごい勢いで成果を上げて私を助けてくれています。勤務態度に関しては問題なしとは言えないんですけれど、まぁ、事業成果を勘案して目をつぶっている感じですね。

まだ生きている動物たちの命を守るお役目について私は、サッチのお姉ちゃんのお父さんが近所の猫たちの命を守る流れをつくりました。その最初が天子さんだったんですよ。今は私のことをイヤミな女みたいに言ったりしてますけれど…。

それからサッチのお姉ちゃんにも、捨て犬を見つけてもらうようにしました。ある時、サッチのお姉ちゃんと捨てられる犬との待ち合わせ時間を設定したのに、サッチのお姉ちゃんは時間に遅れそうでした。私は捨てられる子犬が一頭だけで寒くないようにと、さみしくないように三頭にした上で、サッチのお姉ちゃんのお父さんの心に苦情を伝えました。

「時間にルーズなお姉ちゃんのあの生活態度はなんとかなりませんか。お父さんの育て方が悪かったとまでは言いませんが」

お父さんはサッチのお姉ちゃんにメールを入れてました。お姉ちゃんは「十五分しか遅れてない。だいたい三頭なんて話が違う」って逆ギレしてました。

それでもまぁ、捨てられた子犬と子猫を二十頭近くも拾ってあちこちに預けてくれたから良しとしますよ。許せないのは捨てる人間のほうですよ。

私たちも肉食でしたから、すべての人間にビーガンになれなんて言いませんよ。お肉は食べていいです。

親鸞聖人は「善人なおもて往生を遂ぐ。いわんや悪人をや」と仰ってるんでしょ。だったら、肉を食べる人はなおさら「頂く命の大事さ」がわかるはずでしょ。

文句を言いながらでもサッチのお姉ちゃんは動いてくれますけれど、こういう私の話は「うるさいなぁ」って聞きたがらないんですよ。一度、京都の大きなお寺の和尚様に「サッチのお姉ちゃんは私のことが嫌いなんです」って泣き言を言ったら、和尚様は教えてくださいました。

「チェリーちゃんの言うことは正しいし、サッちゃんもチェリーちゃんのことが嫌いなんじゃなくて、ただまだそういう世の中に筋道を立ててることは面倒臭くて、ちゃんと納得するまで考えたくないんだよ。時間が必要なんだよ」

でも私も納得できなかったからサッチのお姉ちゃんのところに行って「私が嫌いでしょ」って言いました。サッチのお姉ちゃんは「うるさいなぁ」って私の両方の頬っぺたを引っ張るんですよ。私も「お姉ちゃんのバカ、バカ」って胸を叩いてやりました。天子さんの猫パンチみたいなスピードは出せなくて、日本のブリッ子の女の子みたいな叩き方になっちゃいましたけれど…。

こんなふうに、私がサッチのお姉ちゃんやお姉ちゃんのお父さんとやりとりできるようになったのは、おじいちゃんが亡くなって、おばあちゃんが恐山のイタコみたいになったからなんです。

そうそう、おじいちゃんと虹の橋で会ったことをお話ししなくちゃ。会ったんですけれど、おじいちゃんはひとりで三途の川は渡れるからいいって。でもまた戻ってきて、誰かの案内役をしようとしてるんですよ。私は私で忙しいから、いつもおじいちゃんの様子を見てはいられないんですけれど。

ところで、私が出て行ってサッチのお姉ちゃんと言い合っている話を聞いたお父さんは、サッチのお姉ちゃんに言ってましたっけ。

「お父さんもあんたも一人っ子で育ったけれど、お父さんはキキョウとツバキが現れて、『バカ兄貴』とか言われながらでも少しは兄貴気分が味わえてる。そしたら今度はあんたがチェリーと姉妹喧嘩ができるようになって、お父さんは嬉しいよ」

どんなもんでしょうかねぇ。

まぁ、姉妹の縁は切れませんけれど、サッチのお姉ちゃんのあの生活態度は、私にはどうしても理解できません。

だからたまにサッチのお姉ちゃんが酒を飲んでいる席に付いていった時には、サッチのお姉ちゃんが何か言うたびに後ろで横を向いたまま、「能天気のうすらトンカチ」なんて言ってやっています。

本人には聞こえず、一緒にいるお坊様たちが笑っていますけれどね…。

つづく、かも

豆太編（みぃちゃんを見守るクロちゃんも、お年寄りを助けるフクちゃんも、猫の天使）

豆太です。

サッチの姉ちゃんのおじいちゃんが死んでおばあちゃんが恐山のイタコみたいになったことをお姉ちゃんが二〇一九年の十月くらいにお話しして、十二月に天子のおばちゃんが大日如来様のお使いになったことをお話しして、二〇二〇年の一月にはチェリーさんもお話ししたけれど、その後もいろいろなことがあって、そしたら今度はお前がお話ししろって言われました。

俺、お話なんて上手くないけれど、嫌だなんて言ったら天子のおばちゃんにぶたれるから、下手だけどお話しします。

俺のことは天子のおばちゃんがほとんどお話ししてくれたけれど、初めにひとつだけ、天子のおばちゃんが知らないことをお話しします。

天子のおばちゃんは、お父さんの家の庭に俺がひとりで啼きながら入っていったことは知ってたけれと、その理由は知らないんだ。

本当は俺、お腹が空いて怖かったんだ。

天子のおばちゃんも知ってる手毬の姉ちゃんと俺は、マル母さんのオッパイを飲んでた。だけどあまりオッパイが出なくて、手毬の姉ちゃんにほとんどとられちゃったんだ。そしてお腹が空いてふらふらする俺を、木の上からカラスが狙ってた。怖かったよ。だから「助けて」ってお父さんの庭に行った。お父さんはすぐに家の中に入れてくれて、四時間おきにミルクをくれた。そして天子のおばちゃんと花子のおばちゃんが抱っこして寝かせてくれた。花子のおばちゃんは優しいんだ。天子のおばちゃんも優しい時もあるけれどすぐぶつからな。俺は今でも花子のおばちゃんを俺の母ちゃんだと思ってる。だけど「花子のおばちゃん」って呼ぶと怒って「花ちゃんって呼べ」って言うんだ。女って面倒臭いよ。

俺がひとりでお父さんの家の庭に入っていった理由は、天子のおばちゃんは知らなかったけれど、俺たちのことをお話しして、天子のおばちゃんも気になったんだろうな。マル母さんと手毬の姉ちゃんの霊を探してきたんだ。

マル母さんがお父さんの庭に来なくなったのは、人間の子供につかまって抱きかかえられ、爪を立てるわけにもいかず、その子の家で飼わるようになったんだって。そして最近まで長生きしたって。今は、マル母さんと手毬の姉ちゃんの霊は二人とも大日如来様のお使いになってる。

天子のおばちゃんはその後、自分たちの一番下の妹のピンクのおばちゃんの霊も探してきた。ピンクのおばちゃんがもらわれていった家のおばあちゃんが死んで、その家から飛び出したピンクのおばちゃんがいなくなったことは、お父さんから聞いて天子のおばちゃんも知っていたけれど、それは十二月の寒いころで、ピンクのおばちゃんが凍え死にそうになってたら、猫の保護団体の人に助けられて、東京の江戸川区にある人間のお年寄りの施設にもらわれていったんだって。

ピンクのおばちゃんはそこで、十二匹の猫たちと一緒に人間のお年寄りの相手をして暮らしていた。そして天子のおばちゃんが探し出す三日前の二〇二〇年の一月末に施設の駐車場で日向ぼっこをして寝てたところを自動車にひかれて死んだばかりだった。

ピンクのおばちゃんは施設で「フクちゃん」って呼ばれてたって。そしてマグロの煮物やカモの燻製を食べてまるまると太ってた。東京に住んでいいものを食べてたって話を聞いた天子のおばちゃんは最初、「お前、どっか行け」なんて怒ってた。ピンクのおばちゃんは「私は人間のお年寄りの相手をする仕事をしていたんだから、お姉ちゃんたちよりいいものを食べるのは当たり前でしょ」って言い返してた。

ピンクのおばちゃんが施設でお相手していたお年寄りの中には、アメリカ人のご夫婦もいて、ピンクのおばちゃんは英語もしゃべれるんだ。

そしてピンクのおばちゃんは施設で、亡くなった人間のお年寄りの霊がうまく成仏できないのを見ていた。だから自分が死んで天子のおばちゃんが猫の霊を成仏させているのを見たら、自分は人間のお年寄りの霊の道案内をするって言ったんだ。

それをチェリーさんが聞いて、すぐに大日如来様のお許しをもらってくれた。天子のおばちゃんとチェリーさんは、ピンクのおばちゃんの手伝いを手毬の姉ちゃんに言いつけた。そのほかに、お父さんの家で最近死んだラインと梅子の霊も、ピンクのおばちゃんの手伝いをさせるために連れてきた。

ラインと梅子は人間が好きだけれど、気が強いから思い通りにならないとすぐにひっかくんだ。それ以上に手毬の姉ちゃんはひっかくけれど…。ピンクのおばちゃんは「爪を立てるな。じいさん、ばあさんって言うな。私がいた施設では『山田さんのおじいちゃま、斎藤さんのおばあちゃま』って呼んでいたのよ」ってみんなを怒ってる。

こんなふうに、俺たちの仕事はいくつかのグループに分かれていった。実は、俺もひとつのグループを預かってる。

俺は、死んだ次の晩から天子のおばちゃんに連れられて歌舞伎町に行った。そこで、俺たちのことが見えるトモコさんがカラオケでマイケル音頭を歌ってくれた。そしたら、テレビの中でアニメのマイケルが踊ってるんだ。俺はそのまねをして踊ってみた。これが楽しいんだ。酒で気持ちはいいし、踊りは楽しいし…。その後、お父さんがレモンとメロンの霊を探せって言うので、パインと桃子も一緒に連れてきたら、レモンを除いてみんな踊りが大好きになった。

そうして踊っている俺たちを見て、チェリーさんが言ったんだ。「その踊りを、人間の子供たちの霊に見せてみたら」って。

人間のお坊様たちの霊と一緒になってチェリーさんは、人間の子供の霊の案内もしてるけれど、子供の霊に三途の川を渡らせるのは、結構難しいんだ。知らないお坊様の霊が出ていくと子供の霊は怖がるから、犬の霊のチェリーさんはまだいいんだけれど、それでも子供の霊は「行きたくない」って泣くし…。

だから、俺たちが踊りながら「一緒に行こう」って言えば、子供の霊も面白がってついてきてくれる。

そうして俺たちは、人間の子供の霊を案内するグループになった。チェリーさんは、まだ何もわからない生まれる前の人間の子供の霊と、事件や事故で死んだことに納得しなくて誰かを恨むような子供の霊を担当して、俺たちは病気なんかで死んだ人間の子供の霊を担当している。

そしたら今度は、天子のおばちゃんが自分の旦那のクロちゃんの霊をつれてきた。天子のおばちゃんはクロちゃんのことをお話しした時に「若い時にはそんなこともあるよね」なんてテレ隠ししてたけれど、ずっと好きだったんだな。

クロちゃんは、天子のおばちゃんと付き合って間もなく、千葉の茂原で一緒に暮らしていたおばあちゃんと一緒に、東京の杉並区にいるおばあちゃんの息子の家に引越したんだって。おばあちゃんのひとり暮らしを心配した息子が呼んだんだ。

だけどすぐにおばあちゃんは施設に入って、両親が働きに出ていたその家で、そのころはまだ小さかった「みぃちゃん」っていう人間の女の子と一緒に暮らしたクロちゃんは、「みぃちゃんが大学生になるまで、俺が育てた」って言ってる。眠る時はいつも抱いてやってたし、学校の宿題をしてる時はちゃんと終わるまで見守ってやったって。

だからクロちゃんは、大日如来様のお使いになって人間の子供の霊を案内する俺たちのグループに入ったんだけれど、世話が焼けるんだ、これが。

「人間の子供は、猫を羽交い絞めにしたり、元気なんだぞ」とか「希望したK女子大に受かった翌日には髪を茶色にして、毎日のようにコンパとかで楽しそうなんだぞ」とか言ってるクロちゃんには、病気で死んだ子供たちがかわいそうでならないんだな。

病院のベッドの横にランドセルを置いて、「春になったら小学校に入るんだ」って言ってる子の霊を案内しなきゃならない時に、泣きだすんだ。気持ちはわかるけれど、俺たちが泣いてたら、人間の子供の霊も安心して成仏できない。

「お母ちゃんのところに戻る」って言う子供の霊を引き離す時にクロちゃんは、「俺のしてることは死神と同じじゃないか」ってまた泣くし。

そんなつらい仕事をして、夜は歌舞伎町のトモコさんの店で「飲まなきゃいられない」って言って焼酎をあおってるクロちゃんがふっといなくなったら、杉並の家の様子を見てきたんだって。そしたら、大学生になってるみぃちゃんが、まだクロちゃんの写真を見て泣いてるって。

「残された者もつらいよね」って、またクロちゃんは泣くし…。クロちゃんの息子のメロンは、「父ちゃん、踊ろうぜ」ってマイケル音頭をかけてもらってる。能天気な奴もたまには役に立つよ。同じ息子のレモンは、「僕は父にも母にも似てません」って言って天子のおばちゃんににらまれてるけど。

それでもまだ、「夢にでも出てやりたけれど、俺を見たら、みぃちゃんは泣くよな。俺のことなんか早く忘れりゃいいのに」って泣くクロちゃんに、目尻の尖った眼鏡の先をキラッと光らせてチェリーさんが突っ込んでた。

「あら、いい男みたいなセリフね。あなた、九〇年代トレンディドラマの石田純一？」

こんなふうに俺たちは、どんどんグループも仲間も増やして仕事をしている。

ところで、生まれる前から大日如来様にご縁をいただいていたチェリーさんは別だけれど、なんで俺たちは大日如来様のお使い、猫の天使になれたのか、俺は考えるんだ。

「大日さんのお使いになれって言われたのは、アタシが自分の生き方とか仲間の命とかをちゃんと考えてたからだ」って天子のおばちゃんは言った。

俺たちが暮らしていたお父さんの家では、今も天子のおばちゃんの娘のミカンとイチゴと養女のミッコが花子のおばちゃんと一緒に一階に住むほか、二十二頭が二階の三部屋を占拠してる。

二階では、食事と掃除の世話でお父さんが上がってくる時以外は、猫だけでうまく折り合って暮らしている。俺が生きてて年をとってからは、俺が二階のリーダーだったんだ。そして食事と掃除の世話を終えたお父さんも一緒になって、俺たちはみんなで仲良く暮らす方法を話し合っていた。

「猫はわがままで自分勝手」なんて思われてるけれど、それは本当じゃない。お父さんの家では、雄猫同士がにらみ合ったりすると、その真ん中に小さな雌猫がスッと入る。新しく保護された子猫が外から来ると、みんなで体をなめてやったり、抱いて眠ったりする。子猫も、みんなの乳首を雌も雄も構わず吸ってるし、吸われるほうも黙って吸わせてやってる。誰もおっぱいは出ないけれどな。そしてその子猫が検査なんかで病院に連れ出される時は、大丈夫とはわかっていてもみんなで「連れて行くな」って合唱する。

お父さんも誰かをえこひいきとかしない。お父さんになでてもらいたい猫は誰でも自分でお腹を出したり、お父さんの胸に飛び上がったりする。俺もよく飛び上がったけど、お父さんがうまく抱き留めてくれないと、バランスがとれない俺は床にドタンと落っこちて、腹を立ててお父さんの足を噛んだりしてたけど…。

そんなことが、天子のおばちゃんが言った「自分の生き方とか仲間の命とかをちゃんと考えてた」ってことだ。それをお父さんは「自由と公平」って言ってた。

「自由と公平は民主主義の基盤だが、そのふたつは常にセットで機能しなくちゃならない。それが分解されると民主主義自体が危うくなる。自由だけを主張して好き勝手をする者は差別を生む。公平の強制的な実現を名目とする者は自由を制限する。理性に就けば決して対立するものではない自由と公平が、現実の社会で両立して存在し続けるには、自由は自ら公平を確実に担保すべきだ。そのためには、当然に自由と表裏一体となっている責任の中に、『愛・寛容・慈悲』がどれほど強く脈打って機能しているかを改めて見つめる必要がある」って。

本当はこの話し合いは、チェリーさんがお膳立てしたらしいんだけれど、天子のおばちゃんはこの話し合いのことを大日如来様に言ったんだな。そうして俺たちは天使になった

こんな俺たちだから、昔からお父さんは俺たちをペットと呼ばなかった。どうしても俺たちを何かのくくりで説明しなきゃならない時にはパートナーアニマルなんて言ってるけど。だから、お父さんだけじゃなくてサッチの姉ちゃんも、トモコさんとかお姉ちゃんの友達も、京都のお坊様たちも、みんな俺たちに対してフェアなんだ。天子のおばちゃんがクロちゃんの霊を連れてきた時、サッチの姉ちゃんたちは「優しいだけの男ね」って笑ったんだ。そしたら天子のおばちゃんは平気で応えてた。

「優しいだけの男の価値は、あんたたちもそのうちわかるよ。病気とか災害に遭ってもひとりでいなきゃならないような心細いことが起こった時にね」

ジェンダー学会とかいうとこでたまに研究発表なんかもしてるサッチの姉ちゃんたちは、天子のおばちゃんが言ったことには何も答えずテーブルの下で床を蹴飛ばしてた。京都のお坊様たちは下を向いて笑いをこらえてた。

みんな、「どうせ猫の言うことだ」なんてバカにしたりはしないんだ。天子のおばちゃんとクロちゃんの息子のレモンは俺に、『優しさも、ある男』でない『優しいだけ、の男』の価値は、その状況でしか証明されないんですね」って耳打ちしてたけど。

それから、サッチの姉ちゃんたちと一緒に京都のお坊様たちにお茶屋さんに連れて行ってもらった時には、前に食べた金沢の食事を俺が褒めたんだ。「ノドグロとか旨かったよ。それに、酒には金箔が浮いててきれいなんだ」って。

そしたら、俺たちのことが見えるそのお茶屋の大女将がぴしゃりと言った。

「素材だけに頼ったり、表面だけを華やかに飾ったりは、深い文化やありまへん」

真正面から相手にされるから、俺たちも結構緊張するよ。

昼間は人間の子供たちの霊を案内するつらい仕事をして、夜は飲みに行っても人間たちとフェアに付き合って、なかなか気が休まらないと思っていたら、トモコさんの店で一緒になったDって大きな広告会社の人たちが言ってたんだ。

「コンプラでさ、あまり仕事をしちゃいけないんだ。ブラック企業って言われちゃうし」

俺はトモコさんに聞いた。

「コンプラって何だ？　エビとかアナゴとかキスに衣をつけて油で揚げたやつか？」

「それは天ぷら。わかっててネタで聞くな。コンプラは会社が社会のルールをちゃんと守ることだよ」

「そうか。ブラックってのはミルクの入っていないコーヒーだろ。あれは不味いんだよな。あまり仕事をすると社会のルールを守らない不味い会社になるのか」

俺は「コンプラ、コンプラ」に調子を付けたコンプラ踊りを振り付けて、メロンたちと一緒に踊った。あまり仕事はしちゃいけないんだ。

そうして飲み過ぎた日の翌朝、俺は茂原の家の地蔵の中で寝坊した。コンプラだし、まぁいいかと思って。そしたら「豆太が来ない」ってクロちゃんが騒いだらしい。心配したチェリーさんが俺を探しに来て、ただの寝坊とわかって怒ったんだ。俺は思わずお父さんのところに飛び出しちゃった。

「父ちゃん、見つかった」

キョトンとするお父さんにチェリーさんは言った。

「かくまったりすると、同罪です」

俺たちの声は聞こえないお父さんは、後で事情を聞いて「勝手にお父さんを巻き込むな」ってふくれてたけど。その時…本当は俺、チェリーさんに首筋を子猫みたいに噛んでつかまえられて、「これってパワハラですよ。俺たち、働き過ぎでブラック企業じゃないですか」って文句を言っちゃったんだ。

それが大日如来様の耳に入って問題になっちゃった。チェリーさんと俺は、大日如来様のお使いのエライ人たちがたくさんいる会議室に呼び出された。俺の仲間たちも心配してついてきた。

俺は引っ込みがつかなくて、俺たちはかわいそうな人間の子供たちの霊を母親から引き離すようなつらい仕事をして大変だって説明した。チェリーさんは、俺が言ったことは本当だって言ってくれた。ただ…、俺がパワハラって口走ったことには「犬や猫のコミュニケーションにおいて、首筋を噛むことがそれに該当するでしょうか」って言って、俺は謝った。だけど、チェリーさんが俺の側についてくれたことで、大日如来様の横に座ったお使いのエライ人たちの顔が余計に厳しくなった。そして、ひとりが言ったんだ。

「大変なのはわかるけれど、天使はみんなそれを頑張ってやってきた。今もみんな頑張ってつらい仕事を続けている」

すると、レモンが手を挙げて発言した。

「ご承知の通り現在、人間も犬も猫も、死者数が増大しています。そして豆太さんがお話しした通り、現場の労度と疲弊は極限に近づいています。この際、人的、いや霊的資源を活性化して有効活用するためにも、就労システムは見直すべきだと思います」

シーンとした会議室の後ろで、メロンは「コンプラ、コンプラ」って踊ってた。目を閉じたままレモンの話を聞いていた大日如来様が、静かに口を開いた。

「あなたたちの言うことももっともです。それに…、これからもっと深刻な状況になります。そんな事態にも対処できる仕組みを考えましょう」

俺、本当はこんなオオゴトになるとは思ってなかった。だからその後、天使の働き方を相談する会議が開かれる時、「俺はこの問題のきっかけだ。だから、俺が話し合いに入ったらフエアじゃない」って言って会議のメンバーから外れた。

「ハータラキカータ・カイカーク」なんて踊ってるメロンには任せられないから、俺のグループからはクロちゃんが会議に出た。クロちゃんは結構自信がありそうだった。

「俺が暮らしていた家のみぃちゃんのパパは電車の車掌さんで、鉄道会社ではストっていうのをやることがあるのを見てたから俺は、フフッ、こういう話し合いには強いぞ」って、いつもと違う目つきをして不気味だし。

クロちゃんの息子でクロちゃんと一緒に会議に出たレモンに後で聞いたら、「父さんは何も発言してませんでした」って…。

まぁともかくこの会議では、天使が働く時間は朝の八時から午後四時、週休二日が基本で、夜なんかの緊急対応はシフト制でカバーするっていう就業規則が決められた。それから昇進の話が出て、生前は大きな会社の労務担当重役だったっていうエライ天使に、俺たちは呼ばれた。

初めは天子のおばちゃんだった。おばちゃんはタバコを吸いながら聞いていた話の途中で、「フン、くだらない」って言って帰っちゃった。

仕方がないから、天子のおばちゃんのグループからレモンが呼ばれたけど、「僕はヒエラルキーの構成を必ずしも全否定はしません。特定の目的機能のために特定の価値観で構成するヒエラルキーは、当然に目的や価値観が変われば上部と下部が逆転もし得る。そういう普遍性も恒久性もないヒエラルキーの中で、その運用責任の一端を担って稼働の最適解を提示する役割に僕が向いているとは思いません」とか言ってレモンも昇進を断った。

俺も断った。「管理職なんかになると暴れられないからな」ってクロちゃんは言ってたけど…。そういうことでもなくて…。俺はただ…、俺はリーダーとしてグループの仕事の責任は持つ。だけど俺が責任を持つことができるのは、俺がクロちゃんやメロンたちの上に立つからできるんじゃない。俺たちの仕事はつらいし大変だけど、死んだ人間の子供の霊をなんとか成仏させたいっていうみんなの気持ちがひとつになるからできるんだと思うんだ。だからリーダーって言っても、みんなと対等じゃなければならないと思うんだ。

まぁ、だいたいからして、俺たちは誰かから給料をもらってるわけじゃないから、昇進したからって給料が上がったりするメリットもないからな。

昇進とかを嬉しがらない気持ちは、お父さんの家の霊たちには多いみたいで、お父さんの家のご先祖は少し偉くなって着てるものが立派になったら、すぐに「筋が通らないだろう」なんてもっとエライ天使と喧嘩して着物が元通りになったりしてるらしい。

今度の騒ぎについては、「よく言ってくれた」なんて握手をしてくる人間のお使いもたくさんいたけれど、本当は自分がサボってた言い訳に口に出しただけのことから始まっちゃったって俺が少し反省してる時、お父さんは俺たちに面倒なことを頼んできた。

奈良に心配な子供たちの霊がいるんだって。それが千四百年近くも前に死んで、浮かばれていない霊らしい。しかもそれは、「これからもっと深刻な状況になります」って大日如来様が言ったことにも関係してるらしい。

俺たちのグループとチェリーさんのグループは奈良に行った。そしたら、奈良っていうところはちょっと問題なんだ。俺たちは人間の子供たちの霊を探してたんだけれど、行ってみたら成仏できてない鹿の霊がいっぱいいるんだ

奈良に鹿がいるのは有名みたいだけれど、そんな中に病気の鹿を見たことはあるか？　病気の鹿は隔離されて密かに殺されてるみたいなんだ。「神様のお使い」とか言って注射で殺しちゃいけないよな。

天子のおばちゃんのグループは、医学実験かなにかで殺されてビニール袋に入れられて捨てられた猫の霊を新宿で見つけたって。しかもそのビニール袋の中には、手足を切断されながらまだ息のある猫もいて、天子のおばちゃんたちは猫の保護団体の人に伝えて保護してもらったって。

鹿を育てているのは奈良の役所か神社の人間だろう。猫で医学実験したのは人間の医者か学生だろう。みんな世の中のことや命のことを大事に考えなきゃいけない立場だよな。そういう自分の役割をどう考えてるんだろう。

そんな人間に怒っていても仕方がないから、天子のおばちゃんのグループも呼んで鹿の霊をできるだけ成仏させながら、俺たちは千四百年近く前の子供たちの霊を探した。いたよ。首を斬られて痛がっている七人の子供の霊が。それを千四百年近く続けなきゃならなかったんだ。かわいそうだって、クロちゃんは泣き出したよ。チェリーさんは子供たち一人ひとりの傷を舐めてやった。

だけど、その子たちを成仏させようとしたら、たくさんの鬼が出てきたんだ。鬼たちは刀を振り上げて俺たちを追いかけてきた。

チェリーさんは鬼と戦いながら「サッチの姉ちゃんの家に行け」って言って俺たちを逃がした。メロンとクロちゃんは真っ先に逃げていったよ。逃げ足だけは早いんだ。チェリーさんと俺は一番最後に逃げた。

チェリーさんは背中を何か所か斬られた。俺も後ろ脚を斬られた。猫の足を斬るなんて、鬼ってのは医学実験する人間と同じか？　まぁ俺は、生きてた時から身体の多少の不自由には慣れているから大丈夫だけれど…。

そして最後にサッチの姉ちゃんの家に飛び込む時、チェリーさんは「おばあちゃん、助けて」って叫んだ。そしたら、飛び出してきたおばあちゃんが「うちの子に何をする」って鬼をぶん殴った。すごいだろ。まだ生きてる人間の霊が鬼を素手で殴ってぶっ飛ばしたんだ。

ともかく俺たちは軽いケガだけで帰れたし、鬼なんかよりもサッチの姉ちゃんのおばあちゃんのほうが強いこともわかったけれど、後ろであんな鬼を使っているもっと恐ろしい何かがいる。そんな何かにつかまっている子供たちの霊は、かわいそうだけど俺たちには助けられない。

「怖い目に遭わせて悪かった。お前たちはもう行くな」って言って、お父さんは考え込んでいたよ。お父さんはあの子供たちの霊を何とかして助けようとしてるんだ。つらいよね。死んでから千四百年近くも苦しがってるのも、そこにいるのもわかってるのに、安らかにしてあげられないなんて。

俺は大日如来様の前で、俺たちの仕事はつらくて大変だなんて泣き言を言った。でも俺たちの周りには、死んでも成仏できずにもっとつらい思いをしてる霊も、そんな浮かばれない霊を助けられずにつらい思いをする人も、そして自分の大事な誰かに死なれてつらい思いをしてる生き残った者もいる。

俺は、自分がサボった言い訳で泣き言を言った自分に気合を入れた。

千四百年近く前の七人の子供の霊はたぶん何かの呪いに縛られているんだろうけれど、そんな呪いみたいなものに関係なく一所懸命に生きて死んだ者は、猫でも犬でも人間でも、俺たちのような神様のお使いが頑張って三途の河を渡らせる。

だからクロちゃんが言うように「残された者もつらい」ことのほうが、俺は心配になってるんだ。迷っている子供の霊を見つけて俺たちが道案内しようとする時、一番難しいのはその子のことを思い続けている親がいることなんだ。もちろん、死んだ子を忘れることはできないだろうけれど、思い続けているその「思い」が子供たちの霊を縛ることもあるんだ。

生まれた時にお手てをキュッと握りしめていた…。

マンマとかブーブとかワンワンとか初めておしゃべりした…。

保育園のお遊戯会でくるくる回って踊った…。

初めて誰かを好きになったあなたをまぶしく見守った…。

それから…、それから…。

親たちはみんな、そんな思い出の中に閉じこもっているんだ。子供たちの霊が迷っている時にね。

俺には子供はいないけれど、想像はできるよ。想像しかできないけれどね。死んだ子供のことは忘れられないよな。

だけど忘れろとは言わないけれど、生きている自分の毎日の暮らしを大事にする、自分の毎日をしっかり生きるほうか、その子の霊は成仏できる。

クロちゃんが言う「残された者もつらい」のもわかるけれど、勇気を持とうよ。

でも、ピンクのおばちゃんは逆のことを言う。

ピンクのおばちゃんのグループが道案内してるうまく成仏できない人間のお年寄りの霊の場合は、家族とかがあまり思い出したりしないみたいなんだ。

お葬式や法事の時に、みんなが心から思い出を話し合ったりしてくれているお年寄りの霊は成仏しやすい。そんなふうに思い出してもらえない霊に三途の河を渡らせるのは本当に骨が折れるって、ピンクのおばちゃんは言ってる。

難しいよね。思い過ぎてもいけないし、思い出さなくてもいけないし。一番大変なのは生きている人間かも知れない。だけど生きているそのことが大事なんだ。

だから生きている人は、自分が生きていることも、死んだ者のことも、勇気を持って真っすぐに見つめようよ。一所懸命に生きて死んだ者は、猫でも犬でも人間でも、俺たちのような神様のお使いが頑張って三途の河を渡らせるから。

つづく、かも

クロ＆フク編

フク　フクです。こちらの仲間は私をピンクと呼びますが、私がその名前だったのは茂原のお父さんの家に保護されていた四ヶ月間ほどのことで、その後いろいろあって、死ぬまでずっと暮らした人間のお年寄りの施設では私は「フク」でした。ですからここではフクとして、クロちゃんと一緒にお話しさせていただきます。

私たちのお話というのは、豆太ちゃんがお話しした二〇二〇年の冬が過ぎで、世界をコロナパンデミックが襲う中、私たちの周りでも起きたいろいろなことを、天子姉ちゃんやチェリーさんや豆太ちゃんのようにひとりでお話しするのではなく、ものの見方の違う二人で考えながらお話ししてみようということです。

クロ　そうです。俺とピンクちゃん、あっ、フクちゃんでお話しします。フクちゃんが言った「私たちの周りでも起きたいろいろなこと」って結構難しい問題で、一番年上の俺たちが相談しながらお話しするのがいいってことになりました。

フク　そうね。「難しい問題」っていうのは「子供の自殺」の問題です。最初にこの問題を提起したのは茂原のお父さんです。実はお父さんは、ある母親と三年前に知り合い、その人の娘が小学校時代に受けたいじめから心を病み、十八歳で自殺したことから、子供の自殺やいじめをなくすために手記を書きたいという話を聞き、協力することを約束していました。その企画が三年がかりで実現し、二〇二〇年の五月に本ができて本屋さんやネットでも売り出されました。

クロ　そう。だけど本ができる前、印刷の最後のチェックをしている時に、校正紙っていう印刷テストの紙の上に、その自殺した娘の霊が浮かび出てきちゃったんだな。お父さんは、「あなたの話はちゃんと本にして残すから、安心しなさい」って言って聞かせたんだって。

フク　でも未成仏霊のその娘は、お父さんに憑依しちゃったんですよね。お父さんこの頃、誰かが体の中に入るのがわかるようになってるから…。

クロ　そうそう。豆太も言ってた。あいつサボる時に、自分の地蔵さんの中にいるとチェリーさんに見つかるから、時々お父さんの中にもぐり込んでたんだけど、「この頃、父ちゃんが敏感になって、やりにくくてしょうがない」って。

フク　まったくあの子は、真面目なんだか、いい加減なんだか。

クロ　ウーン。正直なんだよな。この前もトモコさんが「豆ちゃん、神様なんだから、地震なんかが来る時は教えてよ」って言ったら、「エーッ、神様って言っても俺だぜ」って応えて、みんな「それもそうだな」って納得してた。

そしたら、その話を聞いたお父さんは、「サッちゃんや天子の育て方を間違えたみたいにチェリーには言われるけれど、誰が何を言おうと、豆太を長男として育てたことだけはお父さんの誇りだ」って。

フク　ハァ（溜息）。まぁ、いろんな誇りがあり得るってことね。

ともかく、自殺した娘に憑依されたお父さんは、その娘を成仏させてほしいってサッちゃんから京都のお坊様に頼んでもらった。でもお坊様の返事は「それは無理。大日如来様は自殺をお許しにならない。キリスト教の神様はもっと自殺に厳しい」って。

クロ　うん。自殺した上に、生きている人に憑依するなんて罪が重いから、実際にチェリーさんはその娘の霊を消そうとしていた。そしたら「ちょっと待って」って、サッちゃんのおじいちゃんのお母さんになるはずだったナツさんの霊が出てきた。

フク　ナツさんは、お父さんの妹のキキョウちゃんとツバキちゃんや、親戚の昭忠ちゃん、勲ちゃん、モミジちゃん、登思男ちゃん、美音子ちゃんたちのように、生まれなかったり、生まれてもすぐに死んで成仏の難しかった子供たちの霊の面倒を見てるから、自殺したその娘も自分に一度預けてほしいって言ったのね。

クロ　もちろんナツさんも、こちらの世界では自殺は許されないってことは知ってるんだ。だけど何か感じることがあったんだな。そして同じことをお父さんも感じてた。お父さんは

「成仏させるのは無理」っていうお坊様の返事を聞いてから、娘の霊を消そうとしていたチェリーさんを呼んで言ったんだ。

「自殺は許さないっていう神様のお心は当然だ。だけど今、子供の自殺は増え続けている。このままでは子供の未成仏霊がこの世のあちこちに漂い、生きている人たちに影響があるんじゃないか？　この世の空気を浄化するためにも、自殺した子供の霊を放置しない方法について、大日如来様と相談してくれないか」って。

フク　大日如来様のルールはルールだけれど、お父さんの問題提起も無視はできないから、チェリーさんは大日如来様のお使いの偉い人たちに相談したのね。偉い人たちも自分では決められずに、大日如来様のお許しを得て会議が開かれたの。

でも、その会議が紛糾しちゃったのよね。ルールを守れって言う天使と、時代が変わってるって言う天使との間で。ただ「これからもっと大変になる時代に向けて、不浄霊を整理する必要はある」という大日如来様のお言葉もあり、ナツさんが預かるって言う娘をテストケースにして様子を見ようっていうことで、結論は保留されたの。

クロ　「これからもっと大変になる時代」の原因のひとつはコロナだけれど、生きている人のやることがそれに輪をかけるんだな。役所が間違えてアマビエなんかを調子に乗せちゃったり。あれはただの妖怪なのに、人々に注目されたから力が強くなって小さな地震なんかを起こし始めた。しょうがないからチェリーさんは、あちこちでアマビエのお札を剥がして回っていた。役所が自分でコロナの流行を抑える自信がないからって神頼みしたいんなら、角大師の良源様とか本物の疫病厄除け法はあるのに。

フク　まぁ役所としては「政教分離」でお寺とかにはお願いできないんでしょうね。

ともかく、自殺した子供の不浄霊の扱いのテストケースを任せられたナツさんは、埼玉の平九郎さんと青森の藤代御前を呼んで自殺した娘の話を聞いてもらってた。

平九郎さんは、お父さんのひいおじいちゃんと同じ元彰義隊員で、ひとりで官軍と斬り合って三人をやっつけたけど自分もケガをして切腹した。その後で官軍に首を斬られてさらし首にされた。

藤代さんは、津軽藩祖に妻にと乞われて既に嫁いでいた夫を殺され、自分も戦って討ち死にした。その墓の上に津軽藩祖の墓を置かれたの。

二人とも、そんな不本意な死に方と死んだ後のひどい扱いで鬼にもなりかねないところを地域の人たちの供養で成仏し、その恩返しにほかの不浄霊を助けているからね。

平九郎さんと藤代さんが来るまでは、クロちゃんと豆太ちゃんが自殺した娘の話を聞いたのよね。

クロ　うん。俺たちのグループは、病気なんかで死んだ子供の霊をいつも相手にしてるからな。俺は、病気で死んだ子も自殺で死んだその娘も同じように、その先の楽しい人生がなくなってしまったことが可哀想なんだけれど、豆太はちょっと違った。豆太はその娘に言ったんだ。

「俺たちは、生きたくても生きられない子供たちが成仏できるように案内してる。その子供たちは喜んで三途の川を渡るわけじゃない。本当は悲しくて、悔しくて、生前の世界に心が残りそうなのを断ち切って、やっと我慢して渡ってる。そんな子供たちの生きたくても生きられなかった気持ちをいつも見てるから俺は、あんたのどんな事情を聞いても、あんたに同情はできない」って。

フク　うーん。それは、こっちの世界の正論だし、いつも可哀想な子供の霊を相手にする仕事に責任を負ってる豆太ちゃんの正直な気持ちでもあるんでしょうね。だけどその正論だけでは、自殺した子供の霊を放置せずに不浄霊を整理するっていう、このテストケースの解決策にはならない。だからナツさんは、経験の豊富な平九郎さんと藤代さんに頼んだのよね。

クロ　そうなんだ。難しい問題だよな。俺や豆太にはプレッシャーが強すぎた。天使の働き方改革の時みたいに自分たちの問題ならいいけれど、これは人間の子供たちの霊の問題だ。その扱い方を、今までのルールを変えることまで試すなんて…。

フク　ただどうも、平九郎さんや藤代さんのやり方を見ていると、自殺した娘の話の中身よりも、その話を聞くということが大切らしいのよね。実際にその娘は、自分が間違っていたことに自分で納得したらしいわね。そんなふうに、自殺という間違いに気づいて反省する子供の霊は、こっちの世界で修業し直してまた生まれ変わる価値も認められる。

クロ　うん。大日如来様のお使いの偉い人たちの会議では、最終結論ではないけれど、そうして自殺した子供を生まれ変わらせる方法も考えようということになった。自殺してお父さんに憑依してチェリーさんに追われナツさんが預かった娘が、生まれ変わりへの修業をする第一号になった。易しい修業じゃないから、ちゃんと生まれ変われるかはまだわからないけれど…。

フク　そうね。ただその娘は修業に入る前にお父さんのところに挨拶に行った。お父さんは、最初に印刷の校正紙の上に出てきた時と違って、その娘が明るく笑う表情を見て、きっと大丈夫って言ってたわ。

クロ　ところが、また大変なことになった。自殺しても生まれ変わりへの道が開けたことで、ほかの自殺した子供たちの霊が次から次にお父さんのところに出てきた。お父さんは、またチェリーさんを呼んで頼んだんだ。

「この前、修業に入った娘の結論はまだ出ないだろうけれど、その結論を待てない自殺した子供たちの霊がたくさんいる。これに対応できる体制をつくってくれ」って。

フク　そうなのよね。お父さんのお願いは、「自殺した子供を生まれ変わらせる方法も考える」っていう大日如来様のお使いの偉い人たちの会議の暫定的な結論にも整合性があるから、一定の考慮はしなければならない。

「一定の考慮」は、その話を会議に持ち込んだチェリーさんが引き受けるしかない。だからチェリーさんは、自分の部下でいつも人間の子供たちの霊を担当している豆太ちゃんのグループを中心に、人間のお年寄りの霊を担当している私たちのグループを加えて、自殺した子供たちのたくさんの霊に対応する体制をつくり、同時に天子姉ちゃんのグループからレモンちゃんを借りたタスクチームで統一マニュアルづくりを始めたのよね。

クロ　そう。だけどこれがハンパじゃない。ピンクちゃんのグループの女の子たちは気が強いから、集まったたくさんの霊を見て統合リーダーになった豆太に突っかかってた。

「どうすんのよ。百や二百じゃないじゃない。あいつらみんな消しちゃったほうが早いよ」って怒鳴ってたのは梅子だ。

そしたら豆太は「働き方改革で超過勤務を減らすようにしてるのに、父ちゃんが俺たちの仕事を増やすようなことをする」ってふくれて、「文句を言ってくる」って出かけた。だけどお父さんには豆太の顔は見えても声が聞こえないから「なんだ、口をパクパクして。お前は金魚か」って笑われたって、余計にかりかりして帰ってきた。

それを聞いて、今度はお父さんが豆太を呼んで言ったんだ。

「お父さんが言い出したことでお前たちの仕事が増えたから、お前がお父さんに文句を言うのはわかる。だけど落ち着て考えてみろよ。お前はグループのリーダーだけど、実は天使になってまだ半年も経ってないだろう。野球部だったら球拾いだぞ。苦しいのを辛抱しなけりゃいけない時期じゃないか。これを辛抱しきって見せて、本当のリーダーになれよ。そしたらその間に、チェリーやレモンたちのタスクチームのマニュアルができて効率的な仕事ができるようにもなる。そこで初めて働き方改革ができるんじゃないか」って。

フク　それを聞いて豆太ちゃんはどうしたの？

クロ　お父さんの話は何だったたって俺たちも聞いたんだ。そしたらあいつ、「父ちゃん、何か言ってたけど、金魚みたいに口をパクパクしてただけだ。俺は忘れた」だって。

フク　親父と息子か。何か、いいね。

クロ　うん。俺の息子のレモンみたいに、親父に説教する奴もいるけどね。

フク　フフッ。それはそれでクロちゃんの自慢？

クロ　エッ。あぁ…。正しい説教でも言う人によりけりで、素直に聞けなくて逆恨みなんかしちゃうこともあるけれど…、息子の説教ってのは、なんだろうな…、面白くないような、嬉しいような、複雑な感じはあるよな。

ただ俺は、その頃はまだ茂原にいたからレモンたちが生まれたことは知っていたけれど、あの子らの成長を見てはいない…。その点、ずっと一緒に暮らして、妹みたいに育てたみぃちゃんは…、女の子だから成長が早くて、俺に対して母親みたいな口を利くようになるんだ。それが可愛くて…。(泣く)。

フク　わかってるよ、クロちゃん。あんたはみぃちゃんをちゃんと育てて、偉かったよ。

クロ　グスン。いやぁ、俺なんか…、(泣く)ただ、みぃちゃんと一緒に遊んで、一緒に食べて、一緒に寝てただけだ。俺なんかより…、ピンクちゃんのほうが、お年寄りが最後まで楽しく、安らかでいられるように助けていたんだから、ピンクちゃんのほうがずっと偉いよ。

フク　フフッ。有難う。でも私たちが褒め合っていても話が進まないから、本題に戻りましょうね。

「自殺した子供を生まれ変わらせる方法《も》考える」という会議の暫定的な結論の前提は、「不浄霊を整理する必要はある」ということだから、「整理」を重視して「生まれ変わらせる」以外の方法も考えるとしたら、さっきクロちゃんが話してくれた「あいつら、みんな消す」っていう私のグループの梅子の言い分は間違っていない。

生きている人間、特に現代の人間は、死んだら何も残らずにすべてが終わるって考えてる人が多いけれど、それは真実じゃない。死んでも霊魂は残るし、その霊がちゃんと成仏できれば、生前の関係者や知り合いと出会わない約百年後には輪廻転生もできる。

だけど成仏できなければ不浄霊として生前の世界に漂うしかない。実はお父さんの妹のキキョウちゃんとツバキちゃんも成仏できずに六十年以上も東京の家にいたのよね。京都のお坊様たちに助けられて成仏した二人は「ずっと首を絞められて苦しかったのが解けた」って告白してるわ。未成仏霊でいることは苦しいことなのね。

その苦しみに負けて、多くの未成仏霊は生きている人には迷惑な助けを求めたりする。そうなるともう悪霊だから、輪廻転生などの可能性もない完全な消滅とするしかない。

クロ　うん。梅子の言う通り消すのが一番早い。チェリーさんとか、力のある天使はそれができる。俺の息子のレモンも、ルールには厳しい奴だから現場の様子を見に来て豆太とやりあってた。

「自死でしょ。自分で選んで得たものではない、神様のお考えで与えられたかけがえのない命を、自分で勝手に終わらせちゃった奴らでしょ。救済する必要あるんですか？」って。

本当は豆太は、ほかの死んだ子供たちのことを思って、レモンの言うことに必ずしも反対ではないんだ。でもこの統合グループを預かった立場から、「だけど、相手は子供だからな。事情を確認もしないで消すのもマズイし、もう放置もできないだろう」って仕事を進めようとした。だけどレモンも引き下がらなかった。

「子供だけれど、自分で決めて自殺を実行した判断力と行動力があるんですよね。つまり責任能力のある子供ですよね。だったら責任は取らせるべきでしょ」って。

フク　それは私も聞いたわ。だけどレモンちゃんがそんなふうに現場で言うのは、本当はマニュアルをつくるタスクチームの議論が混乱してるからみたいね。

クロ　そうなんだ。チェリーさんはタスクチームに、自殺した子供たちの家にいた犬や猫の天使も入れてた。そんな犬や猫は、子供に自殺された家族の心を慰めていたりしたから天使になれたんだな。そんな犬や猫は、自殺した子供たちの事情を知ってるから、どうしても同情的な意見になる。すると、「それは甘い」って偉い天使たちのダメ出しがくる。レモンは物事をキチンと収めたい性分だから、現場の事実から同情的な意見を抑えたいんだ。

フク　「現場の事実から同情的な意見を抑える」って、どういうこと？

クロ　タスクチームの完全なマニュアルはまだできないけれど、現場の仕事は進んでるんだから何かの判断基準が要る。豆太はそれを大雑把に決めた。

「自殺した子供たちの話を聞いて、『自分は誰々のせいで死んだ』って他人の責任だけを言い張る子は救えない」って。

豆太は強いよ。俺はそんなふうにジャッジできない。

フク まぁともかくそれで現状の仕事は進んでいるのよね。今の「現場の事実」としては、豆太ちゃんの言う「救えない子供の霊」はだいたい八割になるわ。その事実でレモンちゃんはどうやって同情的な意見を抑えようとしてるの？

クロ 既に進んでいる仕事の様子では、どんなに同情しても救える霊はせいぜい二割です。つまりどうやっても八割は救えずに消すしかないんだから、次から次に同情的な考え方を持ち出しても、大きな流れは変わりません、っていうことかな。（ため息）乱暴な言い方だけどそれならきっと、自殺した子供たちの家にいた犬や猫の天使も、前からのルールを捨てきれない偉い天使たちも妥協できる。そうやって「落としどころ」っていうのを先に決めて、誰がやっても救う霊が落としどころの二割になるやり方を決めようとしてるんだ。ふぅ。俺の息子なんだよな。あまり優秀過ぎると、何か遠くに行っちゃったみたいなんだ。

フク クロちゃん、それは考え方だよ。レモンちゃんがそうやって物事をキチンと収められれば、二割の霊が救えるかもしれない。つまり悪霊並みに完全に消される以外の選択肢ができるってことだけで、今までのルールを変える意味があるじゃない。

その選択肢は、具体的には輪廻転生できるチャンスを得られるっていうことよね。もちろん本人の修業次第だから、二割全部が百年後に生まれ変われるとは限らないけれどね。でも、不浄霊として生前の世界に漂うか、あるいは悪霊並みに永遠に消される以外のもうひとつの方法ができるっていうことは、もしかしたら私たちが天使になった本当の意味だったのかも知れない。

クロ　ありがとう、フクちゃん。俺が慰めてもらってる場合じゃないんだけれど。どうしても俺は、子供たちそれぞれの事情を聞くとその子と同じつらさを感じちゃうんだ。

フク　わかってるよ。クロちゃん。あんたのその優しさが、仕事を進める上で豆太ちゃんにとっても頼りなんだと思うよ。

　ところで、生まれ変わりのチャンスを与えるか消すかというこのふたつの方法は、お父さんたちの間でも問題になったみたいね。

クロ　ああ。それはこっちの世界の話じゃなくて、生きている人間の世界の話なんだけどな…。コロナが広がっているアメリカで重症患者に必要な人工呼吸器が足りなくて、「誰を助けるか」っていう「命の選別」っていうのが起こっているんだって。それがどんな基準で選別されるのかはわからないけど、公平、平等なのかって、お父さんとサッちゃんが話してたんだ。サッちゃんは、京都のお坊様たちから聞いた話をした。

「人間はもともと平等じゃない。それは前世の善悪それぞれの所業を背負って生まれるから。その因縁を清算するための努力が今生の修業」って。お父さんは首をひねった。
「もともと平等じゃないからこそ、それぞれの努力を支えるのが社会の使命だろう。特に前世の因縁が不平等の基と知っている者は、そうした使命を中心的に果たさねばならないはずだ。そうしなければ、故意の傍観者として自分が來世で重い修業をしなければならないんじゃないか。最も大事な今生の修業は、平等を実現することだろう」って。

フク　うん。お父さんは弱い立場の人の側に立とうとするのよね。それがなければ民主主義と資本主義が成り立たないって言ってるのよね。

クロ　そうだけど…。俺たちが今やっていることは「霊の選別」だろう。それも子供の未成仏霊だよ。そんな弱い霊が生まれ変わりのチャンスを得るか消されるかって選別されるんだ。お父さんは、自殺した子供たちの霊すべてを救ってほしいって言うはずじゃないか…。
　でもお父さんは、八割は救えないって聞いた時に、「それでいい」って言ったんだ。

フク　うーん、クロちゃん。お父さんの本当の気持ちはわからないけれど、さっきも言った「悪霊並みに完全に消される以外の選択肢ができるってことだけで、今までのルールを変える意味がある」ってことじゃないのかな。

それと私、天子姉ちゃんから聞いたことある。心臓の手術をして生き返った時、その理由は「お役目があるから」って、お父さんは言ってたんだって。天子姉ちゃんはその「お役目」がなんとなくわかったんだって。

お父さんは、夢かも知れない何かのシーンを見ていたって。そのシーンでは、大きな地震で土地が沈み込み、津波が山裾まで駆け上がったって。お父さんは、そんな災害の被害を少なくするお役目を与えられているんじゃないかって、天子姉ちゃんは言ってた。

もしそうなら、大日如来様も仰っていた「不浄霊を整理する必要」はあるわよね。不浄霊は、生きている人たちの世界に悪く影響する場合もあるから…。そう考えると、私たちが天使になって成仏できない霊を助けたり、ナツさんや平九郎さんや藤代御前さんたちのように未成仏霊を助けている霊がつながってきているのも納得できるわよね。

お父さんが、自殺した子供の霊の八割が救えなくても「それでいい」って言ったのは、霊自身のためだけじゃなく、生きている人間社会への影響も考えて、放置しているのが一番いけないってことじゃないかしら。

クロ　そうか…。それはもう、俺たちがお話しできることじゃないな。

フク　そうね。「自分には霊感はないし、そんなものは欲しくもない」って今も言ってるお父さんに、霊感を使わなくて何を見たのかお話ししてもらいたいものね。

クロ　お父さんが人間社会への影響も考えているんなら、俺も、生きている人間たちにつらい思いはしてほしくない…。でも俺たちは、現実に自殺した子供たちの霊一人ひとりと向かい合ってる。俺は…、そのどちらもおろそかにはできないと思うんだ。
　その方針の責任をお父さんだけが負うわけじゃないけども、お父さんには、何とかいい方法を見つけ出してほしいんだ。
フク　わかってるよ。クロちゃん。お父さんの後ろにはチェリーさんも、その後ろにはサッちゃんのおばあちゃんもナツさんもいる。みんなにでいい方法を考え出せるよ。ともかく、お父さんのイメージを聞いてみよう。

つづく、かも

追記　フクです。二〇二一年の春が近づくある晩、クロちゃんがウルウルした目で帰ってきました。「みぃちゃんが、俺とそっくりな黒猫と一緒に暮らし始めてた。もう大丈夫だ」って。優しく微笑むつもりの「花嫁の父」は、頬に流れたひと粒を私たちに隠すように拭っていました。

つづく、かも

言霊の家

我が家の不思議

「長生きはできない」との婉曲なまたはあからさまな易占の予言を、私は何度も聞いていた。その通りの寿命を終えた死出の道に、私が育てその当時はまだ生きていた猫の豆太の霊が私の心臓の停止を感じて現れ、暗闇の中でただ私を見つめた。

「このまま死んでいいのか?」と、その凝視は私に問うていた。

このまま? 生涯の始末の仕方? やり残したこと、すべきことがあるか?

すると、外から思いが届いた。

「お前は寿命とともに使命を定められていた。その使命が果たされぬ限り、寿命は保留される」

そうして私は半分生き返り、もう半分は私が「エリア・ノー」と呼ぶ世界を生き始めた。四年後に父が死ぬと、母は恐山のイタコのように死者の思いなどを伝えるようになった。初めに伝えられたのは、生まれずに成仏もできていなかった私の妹たちの苦しみだった。

その妹たちを始め我が家の未成仏霊などを導いてくださった旧来仏教各宗派それぞれの本山と崇められる京都の寺院のお坊様たちはその後、私や家族が一緒に暮らして最後を看取った犬のチェリーや猫の天子、豆太らが神様のお使い、天使になったことを伝えるとともに、

「我が家の不思議」として次々に表れる遠い過去から続く因縁と、それに基づく使命に寄り添ってくださっている。

その因縁とは、「土御門」から派生した土岐桔梗や源氏竜胆、三つ椿など五弁の花の文様の家の一部に今も残る。そこから、以下のように歴史的オールスターたちは私の「エリア・ノー」を訪れることが可能になったようだ。

素戔嗚尊

八雲立つ　出雲八重垣　妻籠に　八重垣作る　その八重垣を

日本の和歌の最初とされるこの歌を詠んだスサノオノミコトは、乱暴な神と思われている。領地を指示する父親に反抗して「母ちゃんのそばにいたい」と駄々をこねたり、姉の家を荒らし回ったり、娘の婿になる男に嫌がらせをしたり…。

でもそれって…、（私を含む）甘ったれた男の誰もが普通に潜める欲求を、彼はただ自分の心に正直に実行しただけではないのか。

「甘え」とも映る過剰な愛への渇望が、先の歌を詠ませた。俺が妻をしっかりと守る。風雨も、獣も、神や人の敵も、決して破れない壁のように、永遠に俺が妻の盾になる。

この思いをスサノオが「歌」に表現にしたことから、日本の「言霊」の系譜は始まった。それ以前、中国四千年の言霊は白川静氏が解析したように、表意文字である「漢字」に呪いのように込められていた。しかしスサノオの時代、日本の漢字は音を表記する「当て字」に過ぎず、本来の表意を為さずに魂は込められない。

それに代わってスサノオが発明した日本の言霊が、言語の「音」に込められて人々の心に響くものだった。明治の開国に伴って初めて日本を訪れた西洋人たちは、「日本の人々は歌を歌うように言葉を話す」と伝えた。「八雲立つ」に始まるこの音の響きこそが、日本語の魂の系譜を伝えてきたのだ。

その系譜とは同時に「愛」の系譜だ。愛が言霊になる。それが「我が家の不思議」の因縁でもある。妻への愛を詠んだスサノオに始まり以下へと続く「愛の言霊」の因縁とは…。

自身に満ちる国民への愛をほかの治世者にも体現させるべく行動規範として十七条憲法に謳い上げた厩戸王、持統への愛を内包して歌聖と称される柿本人麿、他者には理解されにくい互いの愛を今もなお秘める平将門と桔梗姫、「読み物」ではなく「語る」ものだった『源氏物語』に豊饒な愛の言葉を響かせた紫式部…。

私の「エリア・ノー」に現れたスサノオはそんな因縁を信じさせる男だった。彼は、京都の八坂神社など自らの社に加えて「エリア・ノー」も拠り所とするという。

ただ私は最初、それが誰かとわからずに「古代の人が出てきた」と伝え、京都のお坊様たちからスサノオであることを知らされた。

お坊様たちはスサノオを「日本語を話さない人」と言って、コミュニケーションに困ったらしい。しかし、どうやら漢文の構造で話すらしいことに気づいた私の娘が筆記して何とか意思疎通できるに至ったという。

それは私の母も同様で、施設に見舞った私と娘に付いてきたらしいスサノオに母は、「ごめんね。言ってることがわからない」と謝っていた。

厩戸王と山背大兄王

厩戸王（574～622年、死後に聖徳太子）と山背大兄王（?～643年）一族で最初に現れたのは、虐殺された山背一族二十五人に含まれた子供たちだった。「首を斬られた子供たちが『痛い、痛い』と泣いている」と、私の母が言い出し、続いてその子たちは私にも姿を見せ、やがて天使になっていた我が家の犬や猫の霊たちを奈良に呼んだりした。

その後に、厩戸と山背は揃って私の「エリア・ノー」に現れた。霊や神が見える時は普通、顔だけとかせいぜい上半身が見える程度の私に、二人は全身を見せた。特に山背は、その衣服が真っ赤に血で染まっていること、そしてその表情に私に対してではない怒りが隠せないことを、まざまざと見せた。

山背の子供たちの苦しみと山背自身の怒りは、何としても解かねばならない。

厩戸は、その後も何度か現れた。彼自身とその一族が私の「エリア・ノー」に現れるのは、スサノオに始まる「愛の言霊」の因縁によるのだろう。

厩戸にとっての「愛の言霊」とは、ほかでもない「十七条憲法」に著された。そこに謳い上げた国民への愛を体現すべき治世者の行動規範から乖離してゆくこの国の現実を憂いつつ、以下に込めた「愛の言霊」は未だ滅していないことを彼は信じている。

第一条　和（やわらぎ）を以って貴しと爲し忤ふ（さがう＝調和を乱す）こと無きを宗と爲す

第二条　篤く三寶（さんぽう）を敬へ、三寶とは佛と法と僧となり

第三条　詔（みことのり）を承けては必ず謹め

第四条　羣卿（ぐんけい＝上位官吏）百寮（ひゃくりょう＝各官司）體（礼）を以て本とせよ

第五条　餮（あじわい＝贅沢）を絶ち欲を棄て明かに訴訟（うったえ）を辨へ（わきまえ＝見分け）よ

第六条　惡を懲（こら）し善を勸むるは古（いにしえ）の良典（よきのり）なり

第七条　人各任（ひとおのおのよき）し掌（つかさど）ることあり宜しく濫（みだ）れざるべし

第八条　羣卿（ぐんけい）百寮（ひゃくりょう）早く朝（まい）りて晏（おそ）く退（まか）れよ

第九条　信（真心）は是れ義（人の道）の本なり事毎に信あれ

第十条　忿（こころいかり＝腹の怒り）を絶ち瞋（おもていかり＝顔の怒り）を棄て人の違ふを怒らざれ

第十一条　明かに功過を察して賞罰必ず當てよ

第十二条　國司國造（くにのつかさくにのみやつこ）百姓に斂る（おさめとる＝むさぼる）こと勿れ

第十三条　諸の官に任（よさせ）せる者同じく職掌を知れ

第十四条　羣臣（ぐんしん＝上位官吏）百寮（ひゃくりょう＝各官司）嫉妬あること無れ

第十五条　私に背き公に向くは是れ臣の道なり
第十六条　民を使ふに時を以てするは古の良典なり
第十七条　夫れ事は獨り斷（さだ）むべからず必ず衆と與（とも）に論ふ（あげつらう）べし

ここに込められ、今なお滅してはいないと厩戸が信じる「（国民への）愛の言霊」を現代に蘇えらせよう。その実現は同時に、山背の子供たちの苦しみと山背自身の怒りも解くのだ。

崇仏派の蘇我氏に近かった厩戸は、同時に神道や儒教なども信仰した。つまり彼が「（国民への）愛の言霊」を実現させようとめざした仏教立国とは神仏習合に基づき、それを成立させる寛容はチェリーの言う「愛」の必然だろう。

なお厩戸は死後に聖徳太子の称号を贈られたが、彼自身はそれに納得しておらず、少なくとも私がその名で彼を呼ぶことは嫌っているようだ。

柿本人麿

ある夜、平安時代の宮廷警護の武士を連れた近代の人が私の「エリア・ノー」に現れた。

それはアメリカに渡って死に、私が会ったこともない辰男大叔父の霊だった。辰男大叔父の言葉は私に届かなかったが、京都のお坊様たちによると「柿本人麿を調べろ」と言っているという。それを聞いた時、万葉集にある人麿の次の歌が私の心に浮かんだ。

天の海　雲の波立ち　月の舟　星の林に　漕ぎ隠れ見ゆ

「星の林」とは何か？　私はこのシーンを紙にスケッチした。天、雲、月の舟など、死の香りの強いその絵に描いたたくさんの「星」が「林」を成すように、それぞれの「星形」に足をつけてみよう。それは、陰陽師・安倍晴明が五芒星から安倍桔梗に展開したと同様に、桔梗の「林」になる。あるいは他の五弁の花々、竜胆や椿の林でもあり得る。

そして「漕ぎ」は「故儀」または「故義」だろう。人麿は、死のイメージの中に昔日の事実または正義が土岐桔梗や源氏竜胆、三つ椿に隠れて残ることを予見した。

柿本人麿（梅原猛説では645~708年頃）は持統天皇（645~703年）に寵愛された。

持統は、蘇我氏を討った中大兄皇子（天智天皇）の娘であるとともに蘇我石川麻呂の孫。さらに天智天皇の子の大友皇子を討った天智天皇の弟の天武天皇の皇后でもあった。

やがて持統天皇から四代後に（怪僧と言われた道鏡を寵愛した）称徳天皇の死により、天武・持統の血統を継ぐ天皇は途絶える。

その持統が天皇に即位するまでには、夫の天武天皇の死から空白の四年間（持統四十一～四十五歳）があるが、その間に持統は柿本人麿の子を産んだ。

その後、人麿はＰＲマンとして持統を称え続け、古事記に二十三年、日本書紀に三十一年先立ち、日本で最初に「天皇」の表記を公開した。（厩戸王が遣隋使の小野妹子に託した外交文書に「天皇」の表記も）しかし持統が死ぬと間もなく、藤原不比等（659～720年）によって人麿は殺された。

不比等は、厩戸王の子である山背大兄王一族を虐殺した張本人であり自身の父である中臣鎌足を隠し、蘇我入鹿の犯行とする歴史の改ざんを行なった。それは厩戸が進めた仏教立国の継承者の立場を、自らの藤原一族で独占する陰謀だった。

同様に不比等は、持統とともに「天皇」の概念を一般化した人麿を排除し、今日に至る天皇制を持統とともに確立した立役者としての藤原一族の地歩を固めたのだ。

山背大兄王一族虐殺の真実に加えて人麿の死に関して、「故儀」または「故義」が隠される状況が生まれた。だが、そうした非道な「死」の中に隠された昔日の事実または正義は、それを隠した土岐桔梗や源氏竜胆、三つ椿などの「星の林」に残っている。

持統の産んだ人麿の子らの宿命は何か？　「柿」の「本」にあるのは根だ。スサノオの国でもあるその根を「持」ち支えて「統」べるのは「土」だ。持統の血を受け継いではいても表に出られないその子らは、「土」の「御門（帝）」となり、「土」から「分岐」した「土岐」など複数の家系に分かれながら天皇家を支えていった。

土御門の血脈には、表に出ずに目的を達成するスパイの能力が流れている。その能力は、天皇家の周辺から隠された「故儀」または「故義」を抱きしめて残しつつ、そこに生まれた「呪詛」を浄化する使命に向かう。

清和源氏三代目・摂津源氏初代で美濃源氏源流ともなる源頼光（948～1021年）は、竜胆紋を掲げて「朝家の守護」と呼ばれた。その頼光と親しかったのが、土御門安倍氏の源流であり晴明桔梗の安倍晴明（921～1005年）だ。

土御門廷に潜んだその家系が持つ因縁こそが「我が家の不思議」の根源だ。

そして、宮廷警護の武士として勇名をはせた清和源氏流摂津源氏系美濃源氏の嫡流である土岐氏は、源平から戦国、安土・桃山、江戸へと続く武士の世を乗り越えていく。

なお人麿は、スサノオの「妻籠」から厩戸の「和（やわらぎ）」、そして自身に連なる「愛の言霊」の存在を、万葉集に採られた次の歌で既に明らかにしている。

しきしまの　大和の国は　言霊の　幸わう国ぞ　ま幸くありこそ

桔梗姫と平将門

ある日、娘の友人の祖父で私の父と同時期に百歳で亡くなられた東京の有名な寺のお坊様の霊が、桔梗姫と紫式部を連れて私の「エリア・ノー」に現れた。

人麿の死後二百四十年、平将門（?～940年）の乱が起こる。それは元来、将門と平貞盛（?～989年）ら桓武平氏内の争いに藤原秀郷（891～958年）の藤原家が介入したものだ。

だが秀郷らの将門征討軍の副将軍に、清和源氏初代として五弁の竜胆紋を担ぐことになる源経基（?～961年）が任命される。経基は結局、早期に鎮圧された乱に出陣はしなかったのだが、それに先立ち一族の中からスパイの能力を持つ者を秀郷に提供した。

それが土御門の血を引き、将門に寵愛されることになった桔梗姫だ。彼女は、平安の都に生まれながら秀郷の妹を装うこととして常陸の国に送られ、将門の弱点を秀郷に伝えて将門を討たせ、その経緯を隠したい秀郷によって沼に沈められた。

源氏の一族に生まれながら、将門を朝敵に仕立て上げて自らの武功とした藤原秀郷に利用された挙句、殺されて十分な供養もされなかった桔梗姫の思い…。

桔梗姫は初め、私の前に悲しげに浮かんだ。その悲しみは、ともに現れた紫式部の同情の強い悲しみとは異なり、無念にやるせないものだった。私は天使になっていた犬のチェリーを呼び、姫が安らかになる方法を大日如来様に相談してほしいと頼んだ。

すると間もなくチェリーは「エリア・ノー」に山を築き、その崖の上に大仏様を建てた。その後、それぞれの中に小さな仏様が鎮座される無数の光の玉がシャボン玉のように浮かび、千八十年を経て桔梗姫は成仏に向かったはずだった。

だがその翌日から私は体調の悪化に苦しみ、京都のお坊様たちによると桔梗姫が私に憑依したらしい。お坊様たちに相談した娘は、姫の霊を納め直す空洞のお地蔵様を注文した。

しかし自分が納めた大仏様から脱出して家族に危害を加える者として、チェリーが桔梗姫の霊を抹消しようとしているという。私はあわてて「お地蔵様ができるまでの間、お父さんが我慢するから桔梗姫を消したりしないように」とチェリーに頼んだ。姫は、誰も伝えてくれなかった自分の事情を初めて文字に表して明らかにする私に憑依したのだ。

チェリーに追われながら三日間を私の中に留まった桔梗姫を、私は不調の中にも少し面白く見ていた。娘に「ちょっといい女みたい」と言った私に、姫は不服だったらしい。

「私は、絶世の美女と呼ばれていたんですけど…」

しかし、それからが大変だった。チェリーに追われて私から抜け出た姫は、娘の友人に乗り移ってしまった。娘の友人の多くは私が「桔梗ネットワーク」と呼ぶ桔梗紋の家で、いずれも姫とは同門の子孫筋だろう。

娘と一緒に飲みに行ったその友人は、自分では聞いたこともないちあきなおみの曲をリクエストして号泣したという。それはたぶん、天子のモノローグにあった「エンカのエンは怨みと書く」と唸る歌舞伎町の野良猫の霊に桔梗姫が倣ったのだろう。

だがそうして人目をはばからずに泣けるようになった心地よさが、桔梗姫の成仏への意欲を削いだ。その友人から出て空洞のお地蔵様の中で成仏するまでには、京都のお坊様たち数人がかりで三昼夜を通してお経をあげていただかねばならなかったのだ。

姫はその後、腰まであった髪を切ってバブル時代のワンレングス風の姿で私の「エリア・ノー」に現れ、大きなウェーブのかかった前髪が顔の一部を隠すミステリアスの演出を確認するように、上下左右の様々な角度を私に見せたりした。その様子に私は、まるで桔梗姫の祖父にでもなったかのように「どっちから見てもきれいだよ」と応えるしかなかった。ミステリアスを演出しなくても、その存在自体が神秘なのだが…。

するとその後、赤ら顔、ギョロ目、髭面の武将の霊が現れ、盛んに何かを訴える。私は、誰が何を言いたいか理解できなかったが、京都のお坊様たちによると「平将門が出てきてしまった。桔梗姫に自分の社に近づかないように伝えてと言っている」とのこと。将門自身は姫に恨みもなく、むしろ今は姫の成仏に安堵しているが、将門一族の中には姫の成仏霊に害する者もあると心配しているのだ。桔梗姫も「将門さんは優しい人」と慕っているらしい。

それぞれの死を誘引した互いを憎むのではなく千八十年に渡る愛を貫く…。将門と桔梗姫という主体の存在と同時に愛が存在するとすれば、そこに寛容が付随する必然はチェリーが言う通りなのかも知れない。

紫式部

桔梗姫が現れた最初、姫に連れだって紫式部（978〜1019年）も現れた。そして桔梗姫がお地蔵様の中で成仏する際には式部が傍で泣いていた、とお坊様たちは言う。

桔梗姫の死から六十年後にその死に至る経緯を紫式部は『源氏物語』の中に再現した。それは常陸の介の継子となって東国に送られ、やがて宇治川に沈む宇治十帖の浮舟に宿した姿だ。さらにそれを書く時、式部に柿本人麿が憑依し、自らの水死とその死体が見つからずに嘆く愛人の様子を書き加えた。またここでは、次の古歌が引用される。

あしひきの　山鳥の尾の　しだり尾の　ながながし夜を　ひとりかも寝ぬ

これは、式部の時代は「読み人知らず」とされたが、後に藤原定家（1162〜1241年）が柿本人麿作として小倉百人一首に採った。

人麿が持統天皇のＰＲマンだったように、紫式部も藤原道長（966〜1028年）のＰＲを担っていた。当時の読者は「源氏」を道長と見なしていた。だがそれは決して『藤原物語』ではない『源氏物語』だ。

藤原家に属しながら一族の衰退を予言するとも見える『源氏』を描いた式部には土御門の血が流れ、「朝顔の君」に自らを投影して当時は朝顔と呼んだ桔梗が咲き乱れる今日の蘆山寺を邸宅とし、道長のＰＲと装って源融（822〜895年）を称えた。あるいは、天皇即位の意志を藤原基経（836〜891年）らに妨害された融の無念を、式部が慰めたものかも知れない。

私と同様に何の根拠もないイメージが心に浮かぶようになっていた娘は、源融に可愛がられた従妹で桔梗姫の母であった人を始めとして融と縁を結び薄幸に終わった女性たちと融自身への鎮魂の書が『源氏物語』だと言う。あるいは、紫式部もまた土御門の血を引くことで、霊的世界にまで渡るスパイの使命を帯びていたのだろうか。

その死に関しては「偽りを書き残した」ことを理由に地獄に堕ち、同じ文筆の徒であった小野篁（802~853年）が閻魔大王に対して式部を弁護したという伝説が残る。だが私の娘のイメージに従えば「地獄に堕ちた」のではなく、さまよう女性たちの霊の救済のためにむしろ「地獄に赴く」覚悟だったのかも知れない。

その最後に桔梗姫を救済できた一方で、姫の母親、源融の従妹を未だ救えぬまま、自身の没後ちょうど千年の仕事の成否こもごもへの万感の涙が式部の頬を伝ったのだ。

なおその後、「紫式部は日本で最初のフェミニストだった」と言っている娘がジェンダー関連の文章を書いていると、『源氏物語』の「朝顔の巻」にある「陵王の舞」のくだりが心に浮かんだという。だが娘は以前に紫式部が夢に出た時、「式部と言えば和泉でしょ」などと憎まれ口を聞いて紫式部に嫌われており、式部は不満ながらにも物申さずにはいられない風情で私の「エリア・ノー」に現れた。

娘によると、実は「陵王の舞」のくだりとは現存する「朝顔の巻」には見られない。それは大和和紀の漫画『あさきゆめみし』でのみ知られる。だが娘の心に浮かんだ「陵王の舞」のくだりは、『あさきゆめみし』の描写とも微妙に異なるという。

「エリア・ノー」に現れた式部は私に、それは確かに自分が書いたと伝える。ではなぜ、その部分を描いた写本は今に残らないか？　そもそもなぜ、紫式部自筆の『源氏物語』は現存しないか？　現存する最古の書物は六八六年の「金剛場陀羅尼経」。その後、七一〇年と七二八年の長屋王願経「大般若経」もあるのに、西暦千年前後に書かれ、宮中のベストセラーとして後世に残す価値のある『源氏』のオリジナルは、なぜ消失したか？

「朝顔の巻」のある一節が世に流布することを何者かが阻止しようとしたことが、私の心に映った。その何者かは、紫式部自筆の『源氏』のすべてを、彼女の死後に焼却した。さらに、その時には既に数多く出回り始めていた『源氏』の写本のうち、「陵王の舞」のくだりを忠実に写した「朝顔の巻」についても、焼却するか秘匿されるようにした。しかも、そうした措置に反感を抱くに違いない紫式部の霊を、何らかの方法で封じた。

だが既にその封じの効果は切れ、式部は私の「エリア・ノー」に現れるようになった。

式部は私に、朝顔は自分自身であると同時に、自分が救済したいすべての女性の現身だと伝える。そして、自分が嘘を書いたとして地獄で裁きを受け、小野篁さんが弁護してくれたと言われるのは、自分が書いたことを嘘としたい者の誤りを小野篁さんが正そうとされ、それをおぼろげに感じた人々の口の端に上った、と言う。

（このことに直接関連するかはわからないが、その前後に私の「エリア・ノー」に閻魔様のような顔で現れながら私への悪意は見えない殿上人があり、「強面の人が来た」と京都のお坊様に伝えると、小野篁だと言われた）

式部はさらに、自分が言いたかったことの中で「朝顔の巻」は重要であり、「陵王の舞」のくだりを忠実に写した写本は今も隠されているが、やがてそれも表に出ると言う。

そうしてしばらく留まっている紫式部の拠り所としてお地蔵様を用意して京都のお坊様たちにお経を上げていただいている折り、「エリア・ノー」の外側に赤鬼が現れた。

その鬼は、人の好さそうな顔ででっぷりとした腹が重そうに胡坐をかき、戦闘能力ゼロとしか見えない。周囲には小さな赤鬼たちが飛び回っている。私は、京都に行っている娘に連絡した。お坊様たちは、その赤鬼を源融と言い、お経を上げて成仏させ、紫式部と一緒のお地蔵様に納めてくださった。

私の瞼の裏にはよく鬼が顔を出すが、それは「エリア・ノー」に入り込むのではなく、外側におとなしく佇む。それらの鬼は悪意がある感じもせず、「なんだ、こいつら」と私は思っていた。そうした鬼の中でも、源融はとびきりフレンドリーだ。

お坊様たちによると、成仏や拠り所を願って現れる霊や天使には、芥川龍之介の『蜘蛛の糸』のように、一緒に連れて行ってほしい霊、鬼になってしまった霊も付いてくるという。

紫式部が『源氏物語』で鎮魂を試みた源融は未だ成仏できず、あの光源氏のモデルだったとは想像もできない容姿で悪意も見えない鬼になっていた。しかし今、ふとしたきっかけ（娘のジェンダー論）で、千年以上越しの成仏を果たしたのだった。

駒姫、大姫、早百合姫、ジュリアおたあ、藤代御前など、悟り姫たち

コロナ禍で世界の社会・経済が停滞する中、高野山と比叡山では疫病退散などを目的に盛んに読経が上げられたそうだ。それに参加されたことで、娘が懇意にしていただいているお坊様たちと連絡がつかなくなった時、我が家では次々に異変が起こった。

まず私の「エリア・ノー」に、若く美しい殿上人とお人形のようにかわいい姫が立った。彼らは私に語りかけるのだが、その声は私に届かない。すると娘から連絡があり、私の祖母のナツさんが「現れたのは豊臣秀次と駒姫」と教えてくれたという。

豊臣秀吉は実子の秀頼が生まれると、関白の座を継がせていた甥の秀次を高野山で切腹させた。正にその折、秀次に嫁ぐために京に上ってきたのが、山形・最上家の娘の駒姫だった。彼女は、まだ嫁ぐ以前であったのに、秀次の一族らとともに鴨川の河原で殺され、遺体を投げ入れた穴には「畜生塚」の札が建てられた。

ただ名称はともかく塚があり、それを京都の寺が供養したので、高野山で供養を受けた秀次とともに、駒姫も成仏はしている。しかし山形から伴った近習らの中には、この非道への憤懣に未だ成仏しない者たちがいるという。

秀次と駒姫は、その者たちの救済を乞いにきたのだ。四百年以上も迷っていた者たちは、ようゆく連絡の付いた京都のお坊様たちのご供養と、秀次・駒姫の説得によって何とか成仏していった。

そして駒姫は山形へも京都へも戻らず、我が家に留まって桔梗姫とともに神様修業をしている。ただ、元々スパイとして育てられた気の強い桔梗姫は、東北一の美少女として大事に育てられた駒姫の行動を「グズい」とイライラし、「グーで叩いちゃダメ」とナツさんに叱られ、「こいつは修業しても変わらないな」と呆れる豆太には「うるさい、田舎猫」とやり返しているという。

自分も絶世の美女と呼ばれた桔梗姫は、駒姫へのライバル心もあるらしく「私のほうがきれいだろ」などと水を向け、「俺は桔梗ちゃん、俺は駒ちゃん」と騒ぐ雄猫たちが「ミスコンの時代じゃない」とトモコさんに怒られるきっかけもつくっている。

一方で駒姫は、のんびりながらも豆太たちの仕事も手伝い、私の妹のキキョウとツバキを始めとする子供たちに着物の着付けや茶の湯を教えるなどの面倒も見てくれているらしい。

（ところで私の妹のキキョウは、桔梗姫が我が家に来た最初、「この家で『桔梗』は私だけ」とふくれていたが、桔梗姫が留まると決まってからは「あの人は青紫の桔梗。私は白いキキョウ」と差異化しているらしい）

駒姫が来たのと前後して、私の「エリア・ノー」に誰かが入ってきた感覚があった。再び娘が連絡してきて、ナツさんが「来たのは大姫（おおひめ）」と言っているという。

源頼朝と北条政子の娘の大姫は、頼朝の軍勢に先んじて平家を追って上洛した木曽義仲が頼朝への忠誠を示すために人質に差し出した嫡男・義高と六歳で婚約し、心を通わせて一年ほどを過ごしていた。だが結果的に義仲を討った頼朝が義高を処刑したことに衝撃を受けて心を病む。その後は縁談も拒み通し、後鳥羽天皇に入内する途上の二〇歳で早世したと伝えられる。

だがナツさんによると、鎌倉幕府の公式史書である吾妻鏡などの記録の不備を告げたくて大姫は現れたという。それは、大姫の心を痛めたのが婚約者・木曽義高を父が殺害したことだけでないということだ。

実は大姫は、義高を失った直後にも重ねて頼朝ら武士の無慈悲を知った。それは、自分と同じ年の安徳天皇を、義高の死の翌年に八歳で戦死させたことだ。

あるいは、平家一門である北条の血も受けた大姫は、平家のプリンスでもあった安徳に対して、幼心に宿るアイドルへの憧れのような特別な思いがあったかも知れない。

七歳から八歳の少女が、自分と同年代の子供たちの死を立て続けに身近に感じさせられた。そして気の強い母・政子は、そんな少女の心の痛みをわからない。大姫の心に寄り添ってくれたのは、父の側室の亀の前だったという。

鎌倉から海里二十四キロ、三〜四時間で着く三崎に住み、後に大椿寺を開いて頼朝の菩提を弔ったと言われる亀の前だが、その寺号の「大」は大姫にちなみ、「椿」は安徳天皇を祭神とする水天宮の御神紋の三つ椿にちなむ。そして今、大姫は大椿寺に往生しているという。

霊感もなく霊媒体質でもあり得ない私に最初に憑依したのは桔梗姫だった。私はその時、悪寒、寒気、吐き気と、さんざんな思いをしたものだったが、同様に「エリア・ノー」に誰かが入るのにも、いつか慣れてしまった。

だが、「誰かが入る」感覚はある。妙な浮遊感というか足が地に付かないし、目を閉じると瞼の裏に何かが映る。そして心臓の手術後から欠かさない体重・血圧などの数値がブレる。体重が増える時には体脂肪が下がるのが私の従前の経験だが、ある朝、体重が二キロ増え、体脂肪も二パーセント増えた。そして鏡を見ると、自分の顔がいつになく引き締まっている。(まぁ、普段の私がどんな間抜け面かと思い浮かべられても、文句はないが…)

これはきっと武士が入った。誰が何を言いたいのか、私は娘に調べてもらった。

すると、猫の豆太が佐々成政さんを富山から連れてきて「とりあえず、父ちゃんの中に入ってろ」と案内したという。

「お父さんは簡易宿泊所じゃない」と怒ったが、ようやく連絡のついた京都のお坊様に頼んで、成政さんが来た理由を聞いてもらった。

織田信長の子飼いで、浅井・朝倉攻めで討ち取った敵将の髑髏を酒席に並べた信長に、家臣たちが退席後にひとり残って「人道に背く行いは慎むべき」と諫言した佐々成政。

勇猛で知られた彼は本能寺の変の後、清須会議、賤ケ岳の戦いと一貫して柴田勝家に与して敗れたが、それに勝利して信長の後継者となった羽柴秀吉に許されて富山城主に留まっていた。

だが、秀吉が徳川家康と敵対すると家康側に付き、小牧・長久手の戦いで両軍が停戦すると、四十八歳の成政自ら「さらさら越え」と言われる厳冬の北アルプスを縦断して富山から浜松に出向いて家康に再挙を促すが失敗し、失意の中に帰国した。

この折りも一度は秀吉に許された成政だが、結果的には三年後に切腹させられ、切った腹から内臓を掴み出して天井に投げつけて死んだという。

その成政さんが富山を通りかかった豆太を呼び止めた理由は、既に成仏している自分のことではなく、自分が殺した愛妾の成仏を助けてやってほしいからとのことだ。

それは早百合姫という名で、富山では今でも幽霊として知られているという。

言い伝えでは、成政は早百合の浮気の噂に怒って早百合と一族を殺し、早百合は「鬼となって成政の子孫を殺し尽くし、家名を途絶えさせる」と呪いを告げて死んだという。

だがそれは真実ではない。

確かに早百合姫の浮気の噂はあったろう。その噂を表向きの理由にして成政さんは早百合姫を殺した。そして早百合姫が浮かばれぬままに幽霊になったのも事実だ。だが早百合姫の一族は未だ富山に残り、佐々家も途絶えてはいない。

実は、成政さんが早百合姫を殺したのは、家康の説得に失敗して浜松から戻った直後のことだ。決死の「さらさら越え」の果てに秀吉に勝てる機会を失い、帰れば愛妾の浮気が囁かれていた。気も滅入るだろうが、それ以上に勇猛で知られた成政さんの心を占めたのは、自分の死に方だった。秀吉への敵対を通してきた四十八歳の成政さんの視界にはその時、死出の道筋しか見えなかったのだ。

実際にその後、単独で抗戦するが秀吉に十万の大軍で富山城包囲されて降伏した成政さんと一族は、大阪に移された後に九州・熊本を与えられた。そして成政さんは、熊本の領地を乱暴に経営して失敗し、切腹させられるのだ。

その間、三年。死に急いだとしか言えない。

辞世は「このごろの　厄妄想を　入れ置きし　鉄鉢袋　今やぶるなり」

この三年の死出の道での厄妄想を入れていた鉄鉢袋と言える猛者の肉体は、自分でしか破れなかった。

この死出の道に、まだ若い早百合姫を同行させられない。かと言って、早百合姫ひとりを残すこともできない。自分の死を知ったら、早百合もきっと死ぬだろう。二人は本当に愛し合っていたのだ。

早百合を殺すのは、誰かに取られるのが惜しいといった独占欲ではない。この先の苦難の道にあふれる厄妄想に取りつかれてお互いの愛が変容するのは見たくない。だが自害させるのも忍びない。すぐに俺も逝くから待ってろと、自分の手で殺してやるのが武士の愛だ。だがそれは他者に言えない。早百合の浮気の噂は渡りに船だ。

しかし、早百合姫の思いは違った。なぜ一緒につらい思いをさせてくれない。苦難の道が死出の道なら、辿り着く先は見えているものを。死出の道を走り抜け、死に急いで納得して自ら鉄鉢袋を破った成政さんはいい。武士の愛で殺されながら、苦難の道の同行を許されずに、成政さんだけを厄妄想あふれる中に残した早百合姫の悶々とした思いはこの世に残り、四百二十二年を経てしまったのだ。

早百合姫の一族は成政さんに殺されていない。だから早百合姫は、回忌法要を始め幾度も回向を受けている。それなのに、成政さんとの愛を貫き通せなかった挙句にどこにも向けられない怨みに似たものにもなった早百合姫は、どうしても成仏できない。

それを悲しく見守っていた成政さんは、富山を通りかかった猫の豆太を呼び止めた。

実は、この出会いを仕組んだのは私の祖母のナツさんらしい。そして、事情を聞いた旧来仏教各宗派の大本山と崇められる京都のお寺のお坊様たちのお経と、私の家に集まる天使たちの説得によって、早百合姫は四百二十二年ぶりに成仏していった。

早百合姫の心を特に動かしたのは、自らも愛する将門さんを死に追いやった桔梗姫の言葉だったかも知れない。こうして成仏した早百合姫は、子孫の待つ富山へと帰っていった。

この顛末を見て安心して私の「エリア・ノー」を去ろうとする成政さんを、茂原の自宅から車で十五分の九十九里浜に私は連れて行った。最期の三年間の視界に死出の道だけが映っていた成政さんに私が見せたかったのは、前方百八十度どこまでも広がる太平洋だった。

なお後日、地縛霊ではなくなって自由に動き回れるようになった早百合姫は、成政さんを付き添いに東京に遊びに来て、桔梗姫と駒姫とともにトモコさんの店の「姫会」で痛飲したという。その飲みっぷりにはさすがの桔梗姫も、「寒い国の奴らにはかなわない」と頭を下げたようだ。

この時、アッシーとして二人を乗せてきたのは「聖号」という成政さんの愛馬で、トモコさんの店には入らず、私と娘を訪ねて来た。「聖号」は、豆太たちの仕事を手伝いたいと言い出し、豆太に「ヒジリ」と紹介されて私や娘にも推薦を頼んできたのだ。

ヒジリの売り込みは、次の経緯から始まった。

最初に豆太に連れられて上京した時、飛べるのに横着な豆太に北陸新幹線に乗せられた経験のある成政さんは今回、トモコさんの店の前で聖号から降りる時、思わずつぶやいた。

「北陸新幹線のほうがラクだな」

「エッ、それ言います？　幾多の戦場を一緒に駆け抜け、厳冬の北アルプスの『さらさら越え』も一緒に乗り越えた俺の前で、それ言います？

いいです。あなたは早百合ちゃんと富山で仲良く暮らしてください。もう俺がいなくても、自分でどこへでも飛んでいけるんですから。俺は再就職先を探します」

こうしてヒジリは、豆太の世話でチェリーのグループに入り、大日如来様がお出かけになる時にお乗りいただく天使（天馬？　ペガサス？）になった。

そして私の家に拠り所を置き、休日にはトモコさんの店で「デカイのが踊るな」と怒られながらウォーターピッチャーでスコッチを飲み、「スコットランドの馬は昔からこんなのを飲んでいたのか。うらやましいぜ」とクダを巻いているという。

スコットランドの馬も、そんなの飲んでいないから。

百合姫騒動の余韻が残る中、続けて私の「エリア・ノー」に女性が現れた。桔梗姫は絶世の美女と言われ（未だ成仏できぬまま現れた桔梗姫の母親は、怖ささえ感じるような美人の幽霊だった）、駒姫は東北一の美少女と言われ、大姫も早百合姫も美人だった。つまり私の「エリア・ノー」に女性が現れる時は、ちょっとしたグラビア気分だ。

しかし今度は違った。優しさを尽くした果てにやつれてしまった母親のような人だ。がっかりしたわけではないが、女性はたいてい色恋沙汰周りに何か言いたくて現れると経験していたので意外に思っていると、ナツさんが「ジュリアおたあ」と伝えてきた。

洗礼名ジュリアを受けるおたあさんは、李氏朝鮮・平壌に生まれ、一五九三年、幼女の折りに豊臣秀吉による朝鮮出兵軍に保護され、キリシタン大名の小西行長の養女となった。

小西家では、キリスト教教育の基で大事に育てられたが、一六〇〇年、関ケ原の戦いに敗れた行長が処刑されると、十歳前後で徳川家康の側室付き侍女に召し上げられた。

ここでも信仰を捨てることなく、大奥の侍女たちをキリスト教に導いた。しかし成人してから家康の側室への命を拒み続けたことから、二十二歳で禁教令により島流しの刑を受ける。流された伊豆大島、新島、神津島の各島でも信仰を守り、弱者や病人を保護し、絶望した流人を力づけた。その後、三十歳前後で赦免され、キリスト教宣教師を頼って長崎に移ったが、一六三七年の島原の乱前の四十五歳前後に、かつて小西行長の領地であった天草などでキリシタン弾圧が激しくなったのを見過ごせずに同地に出向き、天草のキリシタンとともに死んだ。

おたあさんは、自らの意志で私の「エリア・ノー」に来たのではない。実は彼女は昇天していなかった。仏教でいう未成仏霊として地上に留まっていた。そのおたあさんを説得する場所に「エリア・ノー」が選ばれたのだ。

おたあさんが昇天しない理由は、キリシタン迫害が自分のせいだと思っていたから。自分が家康の側室にならなかったから、家康は禁教令を発した、と。

島原の乱で死んだキリシタンたちは、ローマ法王庁からも殉教者とは認められずに反乱戦死者でしかない。そうして恨みを残す人々を置いて自分が昇天することはできない。

この三百六十三年の決意を語るおたあさんを説得するため、私の「エリア・ノー」にもうひとりの女性が現れた。「細川たま」と名乗った女性はおたあさんに告げた。

「キリシタン弾圧があなたのせいとは誰も思っていません。デウス様もあなたのことを気にかけておいでです。恨みを残したキリシタンたちに、あなたはすべての愛を捧げました。もういいでしょう。さぁ、私と一緒にデウス様の元に参りましょう」

ジュリアおたあは昇天していった。細川ガラシャ夫人は、我が家とは土岐氏との縁でつながる明智光秀の娘であることから、私の「エリア・ノー」に頼ったのだろう。

その後、おたあさんも時折り天から降りてきては桔梗姫や駒姫と歓談しているが、キリシタンの彼女はお地蔵様を拠り所にできず、ちょっと不自由そうだ。

私の祖母のナツさんは、一九四五年三月十日の東京大空襲で死んだ自分と同じ境遇で未だに行き場のない特に子供たちの霊を連れてきて面倒を見ているが、全国には既に同様の活動をしている女性の天使が多いらしい。

ナツさんの仲間で、活動手伝ってくれているのが藤代御前だ。津軽藩祖の妻に乞われて夫を殺され自らも戦って討ち死にした墓の上に藩祖の墓を置かれた藤代御前は、鬼になるところを地元の人々の供養で成仏し、その感謝から天使になった。

私は、桔梗姫、紫式部、駒姫、大姫、早百合姫、ジュリアおたあさん、藤代御前らを加えて、恨みなどを克服して天使になった女性たちの霊を「悟り姫」と呼ぶ。そして「悟り姫」たちの世話役もナツさんが務めている。

明智光秀と天海僧正、そして我が家の始祖・匠の介

土岐氏傍流の明智光秀（1528～1582年）は、丹波を所領とした折に柿本人麿神社の社殿に桔梗紋を彫った。

また百七歳まで生きたと伝えられ、柿本人麿神社もある二荒山に日光東照宮を開き、そこへの道に明智平を置いた天台僧・天海（1536?～1643年）は、明智光秀その人であって実は百十五歳まで生きていた（天台宗で「魔王」と呼ばれる天海は今も比叡山のお堂に生きているとも…）。

青年時の記録がない（その頃は光秀だったから）天海が歴史に現れるのは、柿本人麿神社を併設する川越喜多院の住職としてだが、同時に彼は、前年に滅亡した常陸・江戸崎土岐氏の菩提寺だった江戸崎不動院の住職も兼務した。

そして光秀・天海と同時期を、同じ桔梗紋を掲げて我が家の始祖・匠の介は生きた。

我が家の祖先は里見家の家老だった、と私は父と祖父から聞いていた。そして里見家の記録には、我が家の始祖である匠の介の名を挙げ、大工（築城家）として天正十九（1591）年十月二十四日、里見家七代当主・義康から所領を賜る、とある。この記録を保管する館山市

の担当者は、豊臣秀吉の朝鮮出兵への参戦命令を受けた里見家が戦備体制強化を図ったことに伴うもの、と解説する。

やがて里見家は改易となり、匠の介は里見家の領地であった房州の地侍となった。

これが我が家の既知の歴史だった。

そして私の父の死に始まる「我が家の不思議」が続くある夜、私の大叔父である辰男の霊が平安時代の宮廷警護の武士を連れて「エリア・ノー」に現れ、始祖・匠の介にまつわる我が家のさらなる来歴を私の心にイメージさせた。

秀吉の小田原征伐で滅亡した常陸土岐氏・竜ヶ崎城主の土岐胤倫が幼子・頼房（後の旗本土岐氏の祖）、重臣とともに城を脱出して流浪した際、胤倫に従っていた匠の介は僧形に姿を変えて上総土岐氏を頼り、それも滅亡するとさらに流れて上総土岐氏の敵であった里見家から築城家として所領を得、それ以前の家名を含む系譜を抹消した。

私の心には「ジョーカー」という言葉が浮かんだが、土岐一族に属していた匠の介およびそれ以前（以後も）の我が家の系譜は、武士団の中で通常の戦闘態勢から外れた遊撃的立場におり、築城にも必須の風水や陰陽道なども駆使して諜報、戦略、参謀、調略などを担っていた。

その後、匠の介の霊は「エリア・ノー」に現れて語りかけたが、その声や思いは私に届かず、代わって聞き届けてくれたお坊様たちによると、匠の介は自分を「麿」と呼び、陰陽道の一族である「土御門」を名乗ったという。（失礼を極める末孫の私は、そもそも始祖・匠の介を認識できず「髪振り乱した殿上人が来た」とお坊様たちにお伝えし、それに対する嘆息に始まり、家系に残した自らの性格への反省が、匠の介の長広舌となったらしい）

私の曽祖父・松蔵、そして平九郎さんと秩父の狼たち

宮廷警護の武士として勇名をはせた清和源氏流摂津源氏系美濃源氏の嫡流である土岐氏は、父祖の地である美濃ではなく江戸幕府旗本最高職の留守居や一橋家家老、群馬県沼田藩主の明智土岐氏として幕末に至った。

そして我が家の始祖・匠の介と同様に主家・長曾我部氏の改易により土佐郷士となった家系にあって私の曽祖父の松蔵より十二歳年長の働き盛りで同じ桔梗紋を掲げる坂本竜馬は、江戸幕府再生を含む公議政体論による社会の革新に動いていた。

この動乱の戊辰戦争の終盤、松蔵は房州郷士の若き当主として上野の山の彰義隊に参じて敗走し、生き残った。ただその敗走は尋常なものではない。

彰義隊参加当時の年齢は十八歳で、それから二十六年に及ぶ逃亡だったのだ。官軍から転じた新政府の保安体制は、明治七年には上野に彰義隊戦死者の墓碑が建てられるのを許すなど、敗残の敵兵をそれほどまでには追及していない。ましてや相手は当時十八歳の、いわば新兵だ。

松蔵は、なぜ新政府に追われ続けたのか？

「柿」の「本」には根があり、そうした根を「持」ち支えて「統」べるのは「士」だ。持統天皇が産んだ柿本人麿の子らに発した土御門の血脈には、表に出ずに目的を達成するスパイの能力が流れている。

これが、私の曽祖父・松蔵が彰義隊以来二十六年も逃げ続けた原因だ。松蔵はスパイとして官軍の中に入り込み、官軍の将兵らに顔を見られながら上野の山への攻撃の後に京にまで走り、天皇自身または天皇の勅を表す錦の御旗の奪還を企てていた。

そして松蔵は霊界に渡った今も、娘の友人の祖父で私の父と同時期に百歳で亡くなり桔梗姫と紫式部を連れて現れた東京の有名な寺のお坊様の霊とともに、（さまよう女性たちの霊の救済のために地獄に赴く覚悟の紫式部と同様に）特別な使命を負った活動をしている。

ところで、私の曽祖父の松蔵が上野の山から出て京に走るいきさつには、もうひとつの物語があった。

彰義隊の結成は一八六七年の大政奉還・王政復古の大号令から数ヶ月後の翌一八六八年二月だった。この結成時の頭取の従弟で結成当初から彰義隊に参加していて松蔵の指揮官となったのが、松蔵より二歳年長の平九郎さんだった。なお今は地域の安寧を守る神として穏やかに過ごしたいと言う本人の申し出で、平九郎さんの家名（だけ）は伏せさせていただく。

しかし旧幕臣を中心とする彰義隊の結束はままならず、彰義隊結成の頭取、平九郎さん、松蔵らは結成わずか二ヶ月の四月に彰義隊を離れ、埼玉県飯能を拠点に振武軍を結成した。

翌五月十五日に上野の山で戦火が開かれて彰義隊が壊滅し、その一週間後には飯能の半分を官軍が焼いた。

この時、振武軍でも隊長となっていた彰義隊結成の頭取らの逃亡を助けるオトリとなって顔振峠を下った平九郎さんは、官軍の斥候三人に見とがめられて応戦し、二人を斬りひとりを追い払ったが自分も深手を負った。やがて逃げた斥候が援軍を呼んでくると、平九郎さんは川辺に下りて割腹して死んでいた。

官軍は平九郎さんの首を斬ってさらし首にした。だが近隣の住民は平九郎さんの武士らしい最期を讃えて篤く供養し、首の病気を治す神様として崇めた。これにより平九郎さんはさらし首の恨みを抱き続けることもなく、秩父事件の戦闘死者の霊などを救済していた。

平九郎さんが死んだ時、平九郎さんとは別の道から私の曽祖父・松蔵は秩父、諏訪を経て主に修験の道伝いに京に向かっていた。（この時、松蔵に出会って秩父の山道を案内し、その先の修験の道を教えたのは、後述する秩父の神である狼の娘のサダ子だったという）

房州の地侍の暮らしに染まり切っていた松蔵は、闘いの中で土御門本来のスパイの血がたぎり返していたのかも知れない。未だ官軍の本隊が留まる京に向かって…。

この行路の因縁によるものかどうか、「秩父路は我が家に縁がいい」と私の祖父も父もよく言っていた。そして二〇二〇年八月、前年のお祭りでいただいた四方花舞の花笹をお返しに三峰神社に娘と二人で向かう車の中で私はふざけ半分に、「平九郎さんはこの下の河原辺りで死んだんじゃないの」と言った。

すると娘が「そうだ」と応える。それは丁度、谷川を渡る橋の上だった。

私は娘を見た。「なんで、あんたが知ってるの？」

怪訝気に娘は見返す。「私は何も言ってないよ」

エェッ！　あなた方の声は、霊感も何もない私には聞こえないはずだ。なんでここでは聞こえる。それよりも、死んだことをふざけ半分に言ったのを聞かれてしまった。平九郎さんは怒っていないか。後でナツさんに聞いてもらったら、平九郎さんは笑っていたという。

さらにこの三峰神社からの帰り道では、私の車の前に飛び出してきた白い動物がいる。「なんだ、あれ」と叫ぶと、その動物はテレ笑いを浮かべながらUターンして道端に戻っていった。

だが数日後に、家にいる私の視界の隅に白い影がチョロチョロする。何かいる。しばらくすると、閉じた瞼の裏でディズニーアニメのような憎めない狼と真っすぐに視線が合った。それはセピアゴールドの狼で、あわてて逃げようとして足を滑らせていた。いや二頭いる…。三峰神社からの帰り道に飛び出してきたのは白い狼で、それも私の家にいる。二頭は三峰神社の神様で、白い狼は末っ子の腕白坊主。よく勝手に里に下りては山に戻れずに「ママー」と泣いて連れ戻され叱られている。

セピアゴールドの狼は末っ子と仲良しの姉で、三峰神社に行った私の車に乗っていた平九郎さんら天使たちの楽しそうな様子を見て遊びに行きたいと言う末っ子を背中に乗せ、茂原の私の家まで飛んできたらしい。

「見つかっちゃった」と、二頭は這い出してきた。

私は「千葉で修業したいと言う二頭を、我が家でしばらく預かるから心配しないで」と、秩父に地盤を持つ平九郎さんを通じて狼たちの親御さんに伝えてもらった。

二頭はすぐに、豆太に連れられて歌舞伎町のトモコさんの店に行くようになった。そこで、末っ子はポン太、姉はサダ子と名付けられて可愛がられている。子供ながら三峰神社ではお神酒を飲んでいて、なかなかの酒豪のようだ。二頭は猫や犬の天使たちの仕事も手伝い、特に、一族の中でも珍しい白狼で将来の長と目され、サダ子以外の多くの兄や姉たちから妬まれてもいるというポン太は、豆太の弟分になってこんな会話をしているらしい。

豆太「お前、出世しろよ。そしたら俺たち猫を尊敬してるところを見せて、ほかのみんなも俺たちを尊敬するようにしろよ」

ポン太「うん。わかった」

どうなることやら。

私の曾祖母・ハツと曾々祖母・タツ、そして多くの阿礼たち

私の父が亡くなって間もなく、生まれなかった私の妹たち、キキョウとツバキを始めとして我が家の浮かばれない霊たちを京都のお坊様たちが成仏させてくださった時、最後まで成仏を拒んだ霊がいた。

それは母の祖母、私の母方の曾祖母のハツだった。彼女について、母は以下を話していた。

「母の子供時代の目黒の家に、中風の婆さんが寝たきりで同居していた。その婆さんを近所の男の子が棒で突くなどの悪さをした。その男の子を子供時代の母がやっつけて、婆さんを守った。婆さんが死ぬと、その男の子も死んだ」

そして、我が家の未成仏霊たちへの対応を進めていただく中で、まだ存命の母の霊が、最近のハツの様子を伝えてきた。

「中風の婆さんが、杖を突いて霧の中をフラフラしてる。婆さんは神社を探している。神社との約束を書いた紙にお線香をあげてほしいと婆さんは思っている」

そして私の曾祖母・ハツは、私にもイメージを伝えてきた。

雪景色を見せる。ハツが母の父を生んだ雪の少ない福島ではない。つらい景色。また、大きな川の流れを見せる。渡るのは大変な感じ。

これらのイメージから何の根拠もなく、私の心に以下が浮かんだ。

「ハツの母親は盲目で、巫女として神社に仕えていた。彼女は、幕末の日本を偵察に来たロシア人に対して地域の人々が人身御供に出した女性から生まれた。さらに成長した彼女もまた人身御供に出された。そうして生まれたハツを、福島の地域が引き取った。福島の人々は、ハツの出生の秘密を地域ぐるみで隠した。ハツも、その秘密を『神社との約束』と思っている。ハツは寝たきりの時に悪さをした男の子を自分の死の道連れにしてしまった。『神社との約束』と男の子を死なせたことで、ハツは迷っている。しかし今、成仏したい思いも芽生えた」

やがて、京都のお坊様たちが上げてくださるお経と私の母の生霊の説得で、ようやくハツは成仏していった。

だがしばらくすると、京都のお坊様たちから連絡があり、ハツの母親、ロシア人との混血の巫女の霊が現れたという。

彼女はタツという名で、山形の神社の巫女だった。ハツが私に見せたイメージは、日本海から月山に吹き付ける深い雪と、福島に向かう道沿いの最上川の急流だったのだ。

お坊様たちが連絡をくださったのは、タツの現れ方が普通ではなかったから。彼女の背中には杭が刺され、その恨みから鬼になりかけているという。

彼女は、山形の酒田港に入港したロシア海軍士官の貴族の血を引き、青い目を持っていた。彼女の母親をロシア人に提供した山形の人々は、生まれた女の子を神社に預けた。やがて成長した青い目の少女は、母親同様に人身御供に出されてハツを生んだ。

だが幕末の混乱に向かって精神の安定を欠く人々は、タツの青い目によって地域が隠れキリシタンの疑いをかけられることを恐れてタツの青い目をつぶして殺した。背中に杭を打ったタツの遺体は、キリシタンとみなされた他の遺体とともに最上川沿いの寺に埋められた。

その恨みから半分は鬼というタツの霊は、京都の寺院のお坊様たちの篤いご供養をいただいて成仏することができ、今は自分と同じように不本意な死に方で成仏しきれない霊を救おうとしている。

特に、戊辰戦争時の官軍兵士に提供されて自害した奥羽越列藩同盟の士族の妻や娘を次々に京都のお坊様の元に連れてくるらしい。ただ、そうした女性たちの地域からは第二次大戦時に満州に入植してソ連が侵攻してきた折りにソ連軍兵士に提供された女性もいて、「なぜ、いつも男たちは女を犠牲にする」との怒りから、どうしても成仏できない人々もいるという。


私の母方の曾々祖母であるタツは、鬼になりかけながら私の母の守護霊ともなり、それが母をイタコ状態にした背景でもあるらしい。タツの影響は、私や娘にも及んでいた。

娘の場合は、美容院で髪を、化粧品店で肌を、それぞれがチェックされる度に「ハーフですか?」と訊ねられる程度のようだが、私の場合はずっと表に出るものではなかった。

だがある日、私の「エリア・ノー」に誰かが入った感覚があった。それもひとりではなく、鏡を見るたびに私の目が違う人たちの目になっている。

私は娘に伝えて、京都のお坊様たちに誰が入ったのか調べてもらおうとした。だが、コロナ対応で高野山や比叡山に籠っていたお坊様たちと連絡がつかない。すると豆太が娘の夢に出て、漫才のようなやりとりがあったという。

豆太「それは、あれだよ」

娘「何だよ?」

豆太「だから、あれだよ」

娘「だから、どのあれだよ」

豆太「違うよ、あれなんだって」

娘は、古事記の編纂に関わったという稗田阿礼を思い出した。

娘「あれって、名前か?」

豆太「いや、本当の名前は教えてくれないんだけれど、『あれ』って呼べって」

豆太によると、豆太が死んで翌日に天使になった時には既に阿礼たちは私の家でキキョウやツバキたちと遊んでいて、その数は二十四人だという。

阿礼は女性神主の呼称であり、初潮前の幼女たちが生家を出て古い神社の奥の院に籠って務めていた。そして阿礼は自分の姓名や出自を明かしてはならない。また初潮を迎え阿礼でなくなった後も、自分が阿礼であったことは誰にも言ってはならない。

だが、恐ろしい想念が私に浮かんだ。初潮が十歳前後として、その齢で社会に戻った少女が、生涯を通じて少女期の記憶を隠し通せるだろうか？　そもそも、社会に戻ってから阿礼であったことを言わないとしても、阿礼として幼女を差し出した家の者たちには既に知られているではないか。いやむしろ、そんな幼女を差し出す家族があるか？

私の恐ろしい想像は、初潮を迎えた阿礼たちは殺されたということだ。そして十歳前後で殺さねばならぬ幼女を黙って送り出す親はないから、彼女たちは神隠しとして誘拐された。

また私の想像は、私の家に二十四人の阿礼がいるとして、それは明治維新後に特定の神社で務めた阿礼たちということだ。江戸期までの阿礼たちは、殺されても早期に輪廻転生できるなどの救済があった。しかし明治の神仏分離や修験道の禁止は阿礼たちを留める神社から、現世利益と生者の慰安のみに偏重して死者への対応力のない新興宗教と同等に輪廻転生の方策を奪った。

私の恐ろしい想像は、さらに展開する。

明治から今日まで約百五十年を二十四人で務めたとするとひとり当たり平均六・二五年。十歳までとして四歳からなら務められるだろう。だがその前提は「明治から今日まで」。つまり最近まで神隠しと少女殺しが続いていたということだ。

どこかの神社からタツが私の家に連れてきた阿礼たちはまだいい。籠っていた高野山や比叡山から降りてきたお坊様たちが、娘の用意したお地蔵様を拠り所に阿礼たちを成仏させてくれた。だが、ほかの古い神社で明治期から最近まで放置された阿礼たちの霊は、行き場のない不浄霊と化してはいないか？

私の想像との関係はわからないが、一部の神社では阿礼たちを「物忌みさん」と呼ぶらしい。だが豆太によれば、阿礼たち自身はその呼び名を身震いするほど嫌っているという。

神仏習合の効果を、改めて見直すべきではないか。

なお余談ながら、古事記の編纂に貢献したとされる稗田阿礼は藤原不比等の偽名ではないかとする梅原猛氏の想定は、恐らく正しい。

その序文でわざわざ、抜群の記憶力を持つという稗田阿礼に言及する必要は何か？

それはそこに書かれたものが、阿礼の記憶に照らして間違っていないことを傍証せねばならないからだ。さらに稗田氏は巫女として宮廷に仕えた一族であり、阿礼とは巫女の呼称であることから、その記述の正当性を神の名において傍証しようとするのだ。

そうまでしなければならない理由は、そこに書かれた記述が正に歴史の改ざんであることによる。そしてその改ざんを指示したのは、不比等以外にはあるまい。

つまり、他に存在を証明するものがない稗田阿礼という架空または詐称された人物の記憶とは、不比等によるでっちあげの記録でしかない。

そして今、藤原不比等の虚偽と同じことが現世において発生していることから、私の家に集う阿礼たちが私にこのことに思いを至らせるだろう。

阿礼たちは、常に権力者に利用される悲しい運命にあった。そして同様のことが、我が家の血族にも発生していた。

私の祖母・ナツと青鞜の人たち

歴史的オールスターたちが私の「エリア・ノー」を訪れる様子と同様に、私の祖母・ナツについて改めて語らねばならない。

ナツさんはN女子大学の三回生で、一回生の雑誌・青鞜の創始者たちとは飲み友達。そこから青鞜の活動を支援もしていた。青鞜の名簿にナツさんの名は出ていないが、青鞜の人々を映した写真にナツさんらしい女性が映っている。英文科だったというナツさんは、既にその当時には欧米で語られ始めていたフェミニズムに関する論考などを翻訳して伝えたが、青鞜の創始者たちには時として「メリケンかぶれ」と反論されたらしい。

私の娘に「自分たちの失敗は『母性』を持ち出したこと」と語ったというナツさんはやがて青鞜が崩壊していくのを見ながら、現在では文豪と呼ばれる作家たちと遊び回っていた。

そして独身のまま娘のミチコを生み、同様に独り身で幼い息子を抱えていた私の祖父と所帯を持ち、私の父の母親になってくれた。だが、その前に私の父の母になって死んだハマさんの霊に脅され、「ケンちゃん、ごめんね」と泣きながら祖父の家を出て行った。

そして一九四五年三月十日の東京大空襲で、逃げ遅れた子供たちを助けようとして死んだことから、主に女性や子供の霊の面倒を見る天使になっていた。

その後、私の父の身代わりとして死んで天使になった犬のチェリーに頼まれて、生まれなかった私の妹たち、キキョウとツバキの霊の面倒も見てくれていた。

そのキキョウとツバキが成仏していなかったことが私の母がイタコ状態になったことからわかり、京都のお坊様たちが成仏させてくださり、同時に、既に合同慰霊などで成仏していたナツさんも、茂原の私の家に置いたお地蔵様を拠り所に、我が家の守り神様になってくれている。

そして、桔梗姫や駒姫や早百合姫などの「悟り姫」を私の「エリア・ノー」に招き、京都のお坊様たちのご尽力をいただきながら、数百年から千年ぶりの成仏を助けている。

そうしてナツさんが女性や子供の面倒を見るのは、生前、青春時代の青鞜の活動を引きずっているから、と私は思っている。

私の家のお地蔵様から飛び回るナツさんの活動の様子が私たちに届くようになったが、その中で、欧米から霊を招いて東京の神楽坂の寿司屋で宴会をしているという情報があった。どうやらそれは、青鞜の創始者たちを含むフェミニストらの会合らしかった。しかもその席には、猫の天子も加わって結構過激な意見を披歴したらしい。さらに豆太は「俺は踊りを見せたぞ」と言う…。

豆太の踊りは、酒で解放した感情の表現であるだけでなく、人間の子供たちの霊を面白がらせて成仏させる仕事上のスキルでもあり。素晴らしいものだ。ただそれを、フェミニストの会合に呼ばれて披露するとは…。

土御門から武家に下向した家の末裔である私は、長男として育てた豆太のふるまいへの期待に照らして、複雑な思いはある。「父ちゃん、頭が固いよ」と豆太は言いそうだが…。

頭が固くて要領の悪い私は、ナツさんの不満のたまり場でもある。私が学生時代に英米文学を学んだと聞いたナツさんは、こんなことを言う。

「シェクスピアはやらなかったの？　ミドルイングリッシュがわからないの？」

少しムッとした私は、娘に伝言を頼んだ。

「あなたにいろいろ言われそうだから、あなたの知らないニューヨーカーの作家たちを学びました」

こんな生意気な孫の私が　さらにナツさんを憤慨させることが起こった。

ある時、娘が研究分野のひとつとしているジェンダーに関して、私は娘に課題を出した。するとと娘からメールが入った。だがそれは、どう考えても娘の文章ではない。娘は、夢の中でナツさんの口述筆記をしたと言う。私は、娘を通じてナツさんに伝言した。

「この原稿は採用しますが、このままでは外に出せません。私がリライトします」

私は出版社に勤めたこともなく、出版物の編集を専門の生業としたこともない。しかし広告業の一環として文章は書き、かつて経営していた会社では月刊雑誌の発行者として編集業務を管理していた。普通の編集者なら著者の主体性を尊重し、問題点は指摘して書き直させるだろうが、私にはそんな忍耐がない。私はその夜、ナツさんの原稿を修正した。

すると、私の顔の左右と頭上からパソコンのモニターをのぞき込む気配がする。私は何度も振り向いたが、当然に誰もいない。そして私が作業を終えたその夜中、歌舞伎町のトモコさんの店に現れたナツさんは同志だという八人連れで、だいぶ荒れていたらしい。

その後、「今回はあれで我慢する」と言っているというナツさんにも聞こえるように、私はナツさんの文章の分析とリライトの必要を娘に聞かせた。

ナツさんの文章は、付き合っていた作家たちの影響もあるだろうが、ドイツ新ロマン派からの脱却を志向しているようだ。

十九世紀末生まれのナツさんより少し前のメーテルリンク（1862～1949年）は『青い鳥』で幸せは探しに出かけた先にはなくて戻った家にあったと書き、カール・ブッセ（1872～1918年）は「山のあなた」の幸せを「尋めゆきて、涙さしぐみ帰りきぬ」と書いた。

若者のチャレンジは自ら解決しないがそれ自体が美しい、というのがドイツ新ロマン派の意識だと私は考える。そして、ナツさんの息子世代のミヒャエル・エンデ（1929～1995年）は『ネバーエンディングストーリー』でアトレーユの冒険は結果を生まぬが、読者であるバスチアンが物語の中に入ってファンタージェンの再生に向かうという解決を発明した。

この両者の間の世代のナツさんはエンデの意識を先取りしつつ、中原中也との関係からアルチュール・ランボー（1854～1891年）並みのシュール・リアリズム的な表現を好んだ。

恐らくナツさんは、（我が祖母ながら）天才なのだろう。だがその感性は、私を含む普通の読み手には理解できない、というのが私の評価だった。

こんな孫の私は、ある時、ナツさんらの拠り所のお地蔵様を納める神棚をつくった。それは、茂原の古い家（戦後の成長期の文化住宅）の半間の床の間をＤＩＹ改修したものだ。

その神棚についてナツさんは、京都のお坊様たちに「掘っ立て小屋よ」とグチをこぼしたらしい。(それについては豆太も、「確かに『棚』だけど、使った材料は台所に置いて塩やコショウを乗せるやつだぜ。まぁ、どうせ俺は塩コショウ並みだけどな」と言ったという)

社会学者・鶴見和子氏から

私の娘が生前の鶴見和子氏からお聞きしながら失念し、最近になって鶴見氏の霊が娘の夢に現れて念を押してくださったことがある。それは藤原定家(1162~1241年)が小倉百人一首の魔法陣(魔方陣ではない)に閉じ込めた「呪詛」の鍵だ。

定家による百人一首が魔法陣を構成することは、既に何冊もの書籍が刊行されるなど既知の事実だ。その魔法陣の成立の経緯はまた何の根拠もなく私の心に浮かんだ。

藤原定家の屋敷に土御門安倍氏の祖でもある安倍康親(1110~1183年)が出入りしていたことは知られている。康親は安部晴明から五代目で、陰陽道の占いにおいては十のうち七当たれば「神」と称されるが泰親は十のうち七~八を的中させ他人には真似ができない、と称えられた逸材でありながら家督を巡る争いなどから康親の後の安部氏嫡流の凋落を招いた。

安倍康親は、魔法陣の構成方法を定家に伝えたのだろう。魔法陣は陰陽道における魔除けの印としての五芒星など星形多角形を用いるが、百人一首の魔法陣には十芒星が使われている。これは非常に高度なロジックで、あるいは康親には晴明をも超えたような自負または高慢もあったかも知れない。そして香道などにおいても数学の才を発揮した定家ならでは、そのロジックが理解できたのだろう。

若いころに魔法陣の構成方法を聞いていた定家に、やがて宇都宮頼綱（1172~1259年）が百人一首の編纂を促す。頼綱は藤原氏出身の武士でありながら浄土宗の僧となり、嘉禄の法難（1227年、比叡山延暦寺の僧兵などによる浄土宗への襲撃）の際には法然の遺骸を守るために東山の法然廟所（現在の知恩院法然上人御廟）から二尊院までの遺骸移送を護衛するなどの行動派だった。

自身の日記・明月記に官位への愚痴を書き続ける定家と頼綱との接点は、平氏・源氏に遅れをとった政治でなく文化・宗教面での藤原氏一族の地位回復の狙いだった。

こうして百人一首には、藤原氏の「力」を誇示する文化と宗教の「鍵」が組み込まれた。それは同時に「呪詛」を開くことも閉じることもできる鍵であり、現時点で最大の問題は、それが柿本人麿の呪詛を解き放ちかねないことだ。（これに関しては、京都のお坊様たちの前に現れた人麿の息子の霊が「それは、今は出てこられない父の本意ではなく、もっと大きな力に動かされている」と告げ、その後に現れることのできた人麿自身は「私の子孫である皆さんは、私を悪者と思っているでしょう」と抗議したという）

実はそれは私も感じていたことで、人麿の感情を斟酌すれば「人麿の呪詛を解き放つことに利用される」と言うべきだろう。定家に五百四十年先立って人麿が昔日の事実または正義が隠れて残ることを予見した「星の林」こと土岐桔梗や源氏竜胆や三つ椿の家系の因縁としての「呪詛の浄化」はまた、恐らく人麿自身の呪詛を想定していたのだろうから。

さて、私の娘の夢に鶴見和子氏の霊が現れて念を押したことのひとつは、二〇一九年二月四日から二〇二〇年二月三日までの一年間に、百人一首の魔法陣の中で鍵を握ったのが柿本人麿だということだ。

このキーマンはその一年の社会動向を左右する。そして人麿の力は、その死が水死だったことに由来する「水」に現れる。ここから二〇一九年には各地で水害が多発した。これも人麿の本意でなく、むしろ「水を治める神」となった人麿は自らの呪詛を閉じることで水害を止めたかったが「大きな力」は逆にそれを開いて人麿の力を利用した。

さらにもうひとつ鶴見和子氏が念を押したことは、二〇二一年二月三日で終わる一年間の後に、毎年ひとりずつ転回していくキーマンの動きが逆転することだ。これは四百年ぶりのことなのだが、これによって二〇二一年二月四日から二〇二二年二月三日までのキーマンは、再び柿本人麿になる。

百人一首の一人ひとりが一年ずつのキーマンになるということは、当然に百年に一回起こることのはずが、四百年ぶりのこの機会に人麿は立て続けにキーマンに躍り出る。しかもその二〇二一年が尋常な年ではない。

五十年ごとに行われる奈良・法隆寺の聖霊会、つまり聖徳太子こと厩戸王の慰霊の年であり、厩戸王（574~622年）が再生すると予言された千四百回忌の年なのだ。この年にキーマンとなる人麿が、その呪詛の力を再び利用されて厩戸王と連携させられたらどうなるか。

ともに恨みとする藤原不比等の子孫である藤原定家と宇都宮頼綱が仕組んだ百人一首の魔法陣による文化と宗教の「鍵」は、天皇家の周辺から「故儀」または「故義」が隠された原因となった非道を糾弾する名目で「呪詛」を解き、社会に降り注ぐことが可能になる。

それは一見、正義の行いに見せかけた暴虐だ。その余波を受けて犠牲になるのは多くの国民なのだから。

私には今、日本社会に「呪詛」を降り注ぐことに利用されようとしながら、それを止めてほしい人麿や厩戸王の心が映る。

「我が家の不思議」が始まった頃、辰男大叔父が平安時代の宮廷警護の武士を連れて「エリア・ノー」に現れた後、同様の現れ方で私の「エリア・ノー」には鬼とドクロが現れた。それは私を威嚇しようとするものと見えた。しかし私に直接の危害があるものではなく、しかも威嚇にしても余りにも「ベタ」な絵柄で、私は笑ってしまった。

だがそれを伝え聞いたお坊様たちによると、鬼とドクロは辰男大叔父が連れてきた宮廷警護の武士たちを追っていたものとのことで、念仏を唱えて消滅させてくれた。同時に、三百人もいたという武士たちの霊の半分ほどは成仏していったという。「呪詛」はこうして今に残る。それに抗い浄化しようとする五弁の花の家系の者たちも今に残る。

持統の産んだ人麿の子らに発して「故儀」または「故義」という昔日の事実または正義を隠して残した「星の林」としての土岐桔梗や源氏竜胆、三つ椿などの五弁の花の家系が持つ因縁は、鬼やドクロに抗う「呪詛の浄化」を使命とする。

厩戸王および難波麻呂古王、麻呂古王、弓削王、佐々女王、三嶋女王、甲可王、尾治王の子供たち七人を含む山背大兄王一族は、柿本人麿と同様に「大きな力に利用される」側だ。

人麿の子供は「大きな力」を告げに顔を見せ、山背大兄王の子供たちは斬られた首が「痛い、痛い」と泣いて顔を見せた。顔を見せない「大きな力」が鬼やドクロを使って私を威嚇し、宮廷警護の武士や天使となった我が家の犬や猫たちを襲う。

では浄化すべき「呪詛」とは何か？　人麿の子供や山背大兄王の子供たちが（あるいは危険を冒して）顔を見せたことが、私に「呪詛」の正体をイメージさせた。それは、特定の「（顔のある）誰か」による呪詛ではない。

「大きな力」の正体と「言霊」のチカラ

浄化すべき「呪詛」とは、例えば天皇の周囲の人々が時として行う非道から発して、その事実または正義が隠されたことへの恨みを抱いた誰かから離れた「恨み」自体が互いに結び付き、独立する思念となって「個々の呪詛」の力を増幅する機械的、自律的な機能だ。

そして文化と宗教の「鍵」となるべき十芒星の高度なロジックによって、百人から切り離した「恨み」を中心にシステム化されたものこそが小倉百人一首だ。

ここで私は、ＡＩ（人工知能）に対峙する人間という最新の課題を想起した。

ユヴァル・ノア・ハラリ著『ホモデウス』でもスティーブン・ホーキング博士の「遺言」でも言及されたＡＩと人間との関係は、ジョージ・オーウェル『１９８４』(1949年）のBig Brother、スタンリー・キューブリック『２００１年宇宙の旅』(1968年）のHAL、ジェームス・キャメロン『ターミネーター』(1984年）のSkyNetなど、人間への反乱を開始するＡＩ

の可能性として、文芸領域では二十世紀半ばから描かれたが、今、それはＳＦを超越しつつある。同時に今、ＡＩにはない人間のチカラが、私のイメージに浮かんだ。

トーテミズムを点検・普遍したレヴィ・ストロース、「族霊説」を唱えた南方熊楠、甲骨文字や金文の呪術性に注目した白川静のアプローチは、ユヴァル・ノア・ハラリ氏が『サピエンス全史』で述べる「虚構を信じられる人間」に収斂される。その時、「虚構」を意識的に表現する言葉の呪術性としての「言霊」こそが、人間だけが持つチカラではないか。

「いいお日和ですね」と言う人も「It's a fine day」と言う人も、単に天候の晴れ具合を述べていない。言葉には語った人間の何らかの思いが籠る。そこに「言霊」は生まれる。

「すべての言語は深層構造において共通する（ノーム・チョムスキー氏）」の最初の一歩がそこから始まろう。そしてコンピュータによるテキストマイニングはやがて、最初の一歩である言葉の奥の人の心までも解析するだろう。

しかし「深層構造における共通」の第二歩以降はＡＩには到達不能な領域だ。私はそれを次のようにイメージする。

人間は単に虚構を信じられるのではなく、虚構を現実化できるのではないか。その方法として用いられるのが「言霊」ではないか。「ウソから出たマコト」「ウソも方便」は、本来の語義を飛び越えて「言霊」の可能性(の一部)を語るのかも知れない。そして人間の思い、心を宿す言葉が「言霊」となって現実を生む工程を、AIは決して再現できない。

では、柿本人麿や厩戸王らの主体から離れた「恨み」自体をネットワークして「呪詛」の力を増幅するシステムが「大きな力」である時、AIには到達不能な領域にある「言霊」は、「大きな力」に立ち向かってどう「呪詛」を浄化するのか?

そのヒントを、柿本人麿その人が教えた。最初はその息子が「出てこられない」と言っていた人麿が京都のお坊様たちの前に現れることができたのは、私たちが(呪詛というネガティブな面をきっかけとしても)人麿に注目して盛んに話題にした効果による。

「大きな力」を凌駕する「言霊」のチカラの加護を得るには、そのチカラの素地を持つ仲間を集め、それらの個々の「言霊」のチカラをつないで増幅すればいい。そのためには、そうした仲間の名を具体的に上げ、多くの人々の声でそれらの名を呼び続けることだ。

では誰を仲間にすべきか?

私の「エリア・ノー」に現れたスサノオノミコトは日本の和歌の最初とされる歌を詠んだ。柿本人麿は歌聖と呼ばれ、紫式部は日本中世最高とも言うべき物語作者だ。そうした「言霊」を生む資質の圧倒的に強い人たちの霊が既に私たちの「仲間」だ。なぜなら、私の娘や京都のお坊様たちの前に現れた人麿は「ここにいる人たちは皆、私の子孫だ」と言っていたのだから。

そう。私たちは持統が産んだ人麿の子の末裔。さらに遡ればスサノオノミコト、少し下れば紫式部からも、私たちは血脈を受け継いでいるのだろう。つまり、「故儀」または「故義」という昔日の事実または正義を隠して残した「星の林」としての土岐桔梗や源氏竜胆、三つ椿などの五弁の花の家系とは、「言霊の家」なのだ。

そしてそこに、一族を虐殺されて血脈の途絶えた厩戸王と山背大兄王も、仏教立国への思いと山背（山城＝京都）の縁を頼って、昔日の事実または正義を隠す原因となった非道への恨みから発した「呪詛の浄化」を期待して現れるのだろう。

「エリア・ノー」には、この数十年に起ころうとしている災厄が映し出される。その中で、自然災害の発現は恐らく回避できない。その被害を最小限に留めるために、「大きな力」に抗い「呪詛の浄化」を可能とする「言霊」のチカラを結集せねばならない。

だがそれ以上に、人間自身が巻き起こす災害を防ぐために、「言霊」のチカラが必要だ。

恨みを抱いた（顔のある）誰かから離れた「恨み」自体が互いに結び付き、独立する思念となって「個々の呪詛」の力を増幅するシステムとしての「大きな力」は、人間自身に災害を巻き起こさせようとするだろう。

人間の「恨み」から生まれる災害を防ぐためにも、「言霊」のチカラを結集しよう。どんな災厄の芽があろうが、人々は生き残らねばならない。まず生きることだ。

農家の人たちは豊かに実る稲穂の様子を明確にイメージして田植えをする。現在は未来のためにもある。今の自分のためだけでなく、未来の人々のためにも今を生きねばならない。

同じように、過去の人々は今の我々のためにも生きてくれた。現在は過去から続いている。千年以上前からの因縁を含めて人間は、つながっている。「言霊」のチカラの中に。

二〇二〇年九月

追記　本書の出版を決めた二〇二一年正月から、新たな出来事が続いた。

「百人一首の呪詛の鍵は小手調べ」との思いとともに、「呪いの曼陀羅」という言葉が私に届いた。京都にいた娘に伝えると、「そんなものは見たことがない」とお坊様たちは仰るという。その電話口に「絶対ある！」と断言した私に、私自身が驚いた。誰かが私の中で焦っている。

その「誰か」とは別の誰かが私の「エリア・ノー」に入った。京都のお坊様たちは「能面をかぶった観世竜王」と言う。やがて観世竜王は、高野山にいた稚日女尊（ワカヒルメノミコト）

とともに妙見菩薩尊星王を迎え、既にお坊様たちの護摩行で自ら燃えた「呪いの曼陀羅」が後に残した「念」を京都の山で消滅させた。

それは二〇二一年二月十日過ぎのことだが、その際に厩戸王と山背大兄王の子供たち七人は解放された。だが私には、「呪いの曼陀羅」の消滅ですべてが終わった感じがない。

ところで大日如来の現身として日本に降臨した大日女尊は、呼称のヒルメノミコトをヒミコと魏志倭人伝に表記されて死後は後に宇佐神宮が建つ地に葬られた。そして、その時には既に強大であったヤマト政権の霊的な後ろ盾とされて天照大神と呼ばれるようになった。

だが大日女尊は、生前に既に一度は神になっていた。それが初潮によって少女の心が神になった稚日女尊だ。

稚日女尊の昇天に関しては、（成長に伴う生理の開始なのに）弟である素戔嗚尊のイタズラが関連していると言われる。その後、私の「エリア・ノー」にワカヒルメちゃんが来るようになった最初、スサノオさんが姿を消した。時折、豆太たちの仕事を手伝ってくれているという気のいいスサノオさんは、ワカヒルメちゃんには未だに少し負い目があるらしい。

二〇二一年三月

みぃちゃんを見守るクロちゃんも、

お年寄りを助けるフクちゃんも、

猫の天使。

2021年4月10日　第1版1刷発行

発行／一般社団法人プロシューマー・フォーラム
〒297-0026　千葉県茂原市茂原600-11

Tel／Fax　０４７５－３６－３００５

著者／朱雀子

表紙イラスト／岡村ひとみ

編集・製作／パンセシ合同会社

印刷・製本／有限会社ニシダ印刷製本

ISBN 978-4-9911517-1-2　C0093